たくまし令嬢はへこたれない！ 3

～妹に聖女の座を奪われたけど、騎士団でメイドとして働いています～

華宮ルキ

illustration✶春が野かおる

TOブックス

Contents

★『光の収穫祭』を明日に控えて……005
★初日の始まり……016
★『光の収穫祭』開始……034
★それが、私の仕事ですから……044
★第二の襲撃……057
★一日目の終わり……074
★救世主……091
★二日目、始まる……102
★逃げずに向き合うから……110
★アーネストの狂気……123
★狂気と慈愛……133
★導き……138

★元婚約者に会いに行きます……147
★魔法石の正体……167
★美しき慈愛……175
★最終日の始まり……183
★巡り、めぐり……187
★ほんの一瞬の、隙……203
★襲撃の終わり……211
★後片付け……216
★書き下ろし　聖女様と呼ばれるのは今日で最後……225
★書き下ろし　魔法騎士団長ジャックの自覚（ジャック視点）……249
★書き下ろし　王弟ミリウス・リアから見た素っ頓狂な女性（ミリウス視点）……269
★あとがき……286
★コミックス第2話試し読み……288

イラスト：春が野かおる　デザイン：CoCo.Design　小菅ひとみ

Characters

セイディ

王国騎士団のメイド。本作の主人公。
婚約破棄され実家を追い出されたため、
住み込みで高給のメイド業は天職。

ミリウス

王国騎士団の団長で、王弟。
ドラゴンを一人で倒すほどの
実力の持ち主。

アシェル

王国騎士団の副団長で、
伯爵家の令息。
実務を一手に担う。

リオ

王国騎士団の団長補佐。
セイディの友人。

ジャック

王国魔法騎士団団長。
女性が苦手。

フレディ

唯一の宮廷魔法使いで、
子爵家の令息。

ジャレッド

ヤーノルド神殿の
神官長の息子で、
セイディの元婚約者。

『光の収穫祭』を明日に控えて

（……いよいよ、明日からね）

そう思いながら、セイディは騎士団の寄宿舎にある自室の窓からきれいな星空を眺めていた。

いよいよ明日から、『光の収穫祭』が始まる。

目を瞑れば準備期間に起こった様々なことが思い出せる。

クリストファーから告白されたこと。リアムの意外な一面を見たことなどの、楽しかった日々のこと。

（でも、楽しかったことだけじゃなかったのよね……）

アーネスト・イザヤ・ホーエンローエという狂気に満ちた男性と出会ったこと。仲良くしていたリリスが、マギニス帝国からの刺客だったという真実。そして――フレディの裏切り。

フレディ・キャロル。彼はこのリア王国の唯一の宮廷魔法使いであり、若くしてかなりの権力を持っていた人物だった。しかし、彼の正体はマギニス帝国の皇帝陛下の異母弟――つまり、皇子だったのだ。

彼は類まれなる魔法の才能に満ち溢れていた。それが、何よりの証拠だったのかもしれない。

（フレディ様のこと、私なりに信じてはいるわ。だけど……どうなるのかしら……）

フレディはきっと戻ってきてくれる。帝国の刺客だったとしても、きっと帝国を裏切ってくれる。そんな確証はない。でも、セイディはセイディなりに信じたかった……の、かもしれない。なんて、言ったところで微々たるものであり、人からすれば信じているに値しないのかもしれないが。

（私は、負けないわ。アーネスト様にも、帝国の皇帝陛下にも）

マギニス帝国は武力国家であり、魔法の先進国である。そのため、あの帝国に狙われればかなりの打撃を受けることは間違いない。そして、今、帝国が狙っているのが――このリア王国だった。

（あの方の狙いが何なのかはわからないけれど、私はこの王国を守るだけよ。だって、私のことを信じてくださる方々がいらっしゃるから）

騎士団の面々をはじめとし、魔法騎士団の面々や神殿の関係者たち。彼らはセイディの力を買ってくれ、認めてくれている。信じてくれてもいる。ならば、セイディが出来ることは。精一杯頑張って、なんとしてもこの王国を守ることなのではないだろうか。

（神官長も、無事だといいのだけれど）

姿を消してしまった神官長の無事も、信じている。少なくとも、セイディなりには信じている。

（それに、ジャレッド様も助けなくちゃ）

元とはいえ、彼とは婚約者だったのだから。情がある……といえば、あるのだろう。ないかもしれないけれど。

マギニス帝国のこと、フレディのこと、神官長のこと。それから、ジャレッドのこと。

考えても考えても、きりのない悩みの数々。それでも、弱気になるつもりなんてこれっぽっちもない。

自分は、できることを精一杯やるだけなのだから。

そう思いながら、セイディはお茶を飲む。

「……美味しくない」

自分で淹れた紅茶は、お世辞にもあまり美味とは言えない。リリスの淹れてくれた紅茶の方が、数倍美味しかった。そんな感情を抱くものの、リリスは今休養中である。だから、仕方がないと自分に言い聞かせた。

あの後、結局リリスは取り調べを受けたものの、お咎めなしとなった。

が、リリスにはいろいろと思うことがあったのだろう。

リリスは回復してももう一度王宮で働くことは叶わないだろう。元々寿退職を控えていたので、そこまで大きなダメージを受けることはない。けれど、自ら辞めるのと辞めさせられるのとでは雲泥の差である。

「はぁ、明日からどうなるのかなぁ」

やっぱり、一番気になるのは帝国の人間であるアーネストの動向だろうか。彼が一体どういう風に仕掛けてくるかが全く読めない。それに、あの魔法石のこともわからない。罠か何かだったのかもしれないが、調査に回しても特に変わった点は出てこないそうだ。

だから、その可能性も考えにくい。もしかしたら、フェイクだったのかも。その可能性さえ、思い浮かんでしまう。

（っていうか、明日の護衛はジャック様だったっけ）

でも、とりあえずそんなことよりも。まずは目先のことを考えなくてはならない。

そう判断し、セイディは大きく伸びをした後机の上に置いてあった地図を開く。明日回る神殿は、もうすでに決まっている。ルートも確定した。だから、トラブルさえ起きなければ何の問題もないはずだ。

……そのトラブルが、一番怖いのだけれど。

まぁ、ジャックが護衛についてくれているのならば大丈夫だろう。今は、そう思い願うことしかできない。

「そういえば、どうしてアーネスト様は私の顔を見て驚かれたのかしら……？」

そして、ふとそんなことを思いだしてセイディはそう呟く。アーネストはセイディの顔を見て、「敵に回すことは得策ではない」的なことを言っていた。それはつまりセイディの顔に、見覚えがあるからかもしれない。セイディ自身はアーネストのことをこれっぽっちも知らなかったのだが。

「……もしかして、お母様のこと？」

オフラハティ子爵家の使用人たちは、セイディのことを見て「貴女様はお母様に本当にそっくりなのですよ」とよく言ってくれていた。セイディ自身に実母の記憶はないが、使用人たちが声をそろえてそう言っていたということは実際にそっくりなのだろう。

執事のジルも、実母の専属侍女だったエイラも。よくそう言っていた。

「……お母様」

顔も名前も何も覚えていない実母に思いを馳せながら、セイディは机の引き出しの中から実母の形見だった指輪を取り出す。その指輪を指で弄りながら「明日から、お守りとしてこれを持っていこうかな」と呟いた。

これは毒に侵されたミリウスを助けた際にも使用したものだ。シンプルだが、気品の伝わってくるようなきれいなデザイン。それだけではなく、聖女の力を高めるという機能性にも優れたもの。

これから何があっても、実母が守ってくれる。今は、そう思い信じることしかできなかった。

「お母様。私のことを、見守っていてね」

天井を見上げながら、セイディはそう零す。父や継母、異母妹のレイラには期待などしていない。だけど、使用人たちから慕われていたという実母ならば。セイディのことも、見守ってくれているはずだ。

（エイラの言う通りなら、お母様は私の幸せを願ってくれているものね）

幼少期からずっと言い聞かせられてきた。幼少期はその言葉を曖昧にしか信じられなかったが、今ならば思える。

――実母のことを、信じられると。

そんなことを考えていれば、不意に部屋の扉が三回ノックされた。時計を見れば、時間はもうすでに夜の九時を回っている。

一体、誰だろうか？

もしかしたら急用なのかもしれない。そう考え、セイディは慌てて「はーい」と返事をし、扉の方に近づいていく。

その後、ゆっくりと扉を開けた。すると、そこには何故かミリウスがいた。彼はセイディの顔を見ると「ちょっと、話がある」と言って身をひるがえす。どうやら、廊下で話すらしい。確かにミリウスがセイディの部屋に入ることはあまり好ましいことではない。特に二人きりともなれば。

ミリウスの後を追い廊下に出たセイディが「どうなさいましたか？」と問いかければ、彼は眉を顰める。その表情は何か言いにくいことを伝えたい時の表情であり、セイディは一旦息を呑んだ。

「ちょっと、面倒な情報が耳に入ってな」

ミリウスはそう言うと、セイディの目をまっすぐに見つめてきた。

その言葉を聞いた時、セイディの脳内に嫌な予感が駆け巡ってしまう。けれど、聞かなくては。そう思いセイディが静かにミリウスを見つめれば、彼は少し困ったような表情を浮かべ「……多分、お前の両親はろくなことをしていないぞ」と告げてきた。

「……どういう意味、ですか？」

「実は、いろいろと調べていたんだが……帝国の内通者が、この王国にいることが分かった。それでだな、その内通者というのが――お前の両親、つまりはオフラハティ子爵夫妻だ」

ミリウスはそう言ってセイディのことをただまっすぐに見つめてくる。その言葉の意味をセイディが理解したのは、それから数秒後のこと。

（お父様と、お義母様が？）

ミリウスの言葉をセイディはすぐに信じることが出来なかった。

セイディの父であるオフラハティ子爵は比較的気が弱い、つまりどちらかと言えばジャレッドのようなタイプだ。そして、セイディの継母の言いなりだ。

だからこそ、父が独断でそんなことをするとはあまり考えられない。……継母に指示されているのならばわからなくもないのだが。

「そもそも、オフラハティ子爵家は先代の当主が発展させた家だ。……今の当主は、いわばお飾りだろ？」

「それは、そうですけれど」

それくらい、セイディにだってわかっている。

父に貴族としての才がないことも、セイディから見て祖父が発展させてきた事業をほかでもない父がいくつも潰してきたことも。それらは紛れもない真実であり、それを否定することは出来ない。

「それに、先代の当主夫妻はすでに亡くなっている。だったら、誰があの夫妻を止める」

ミリウスのその言葉にセイディはある程度納得することが出来た。

セイディがまだ幼かった頃の、おぼろげな記憶。セイディは祖父母に愛されていた。彼らはセイディを愛し、必死に育ててくれていた。それでも年には勝てず、年老いた身体に病がたたりあっさりと二人は亡くなってしまった。

それ以来、継母はストッパーが無くなったかのように横暴になった。セイディのことを虐げ、レイラのことを溺愛した。間違いなく、あの二人が生きていればセイディは勘当されなかっただろう。

「まぁ、この情報は不確定なものだからな。だから、まだ周囲には言うなよ」

「……はい」

「ついでに言うのならば、『光の収穫祭』の開催期間中は絶対に悟られるな。……内通者の可能性がある夫婦の娘が代表聖女に選ばれているなど、バレたら面倒だ。俺は、面倒ごとが大嫌いだ」

それだけを言って、ミリウスはさっさとこの場を離れようとする。

ミリウスの言葉は、正しい。不確定なことを周囲に漏らさないようにするのは重要だ。

でも、ならば。

何故、彼はセイディにその情報を教えたのだろうか。黙っていた方が、都合がよかったはずなのに。

「あ、あのっ！」

ミリウスの背中に声をかければ、彼はゆっくりと振り返った。その際に一つに束ねられた美しい金色の髪が揺れる。とてもきれいで、見惚れてしまいそうだった。

「二つほど、気になることがあります」

ゆっくりとそんな言葉を紡げば、彼は「なんだ」と言いながら天井を見上げた。

「あの、どうして帝国の内通者がいるとわかったのですか？」

まっすぐにミリウスのことを見つめてそう問いかければ、彼は肩をすくめながら「匿名の文書が、届いた」と少しだけ疲れたような表情を浮かべて教えてくれる。

「この王国の貴族の中に、内通者がいるから注意しろ。そんな文書だ」

何でもない風に彼はそう言う。だが、そんなもの一つで王族が動くのだろうか？　そんな疑問をセイディが抱いていれば、ミリウスは「……信頼に値する筋からだったからな」とセイディの目を見据えながら告げてくる。

「で、ですが、匿名だと……」

「あぁ、ただこもっている魔力が信頼に値する筋の人間のものだった。だから、俺は裏で動いていた」

その後、ミリウスは大きく伸びをしてそう続けた。確かに魔力で人を判別することは可能だ。が、それはあくまでも大雑把なものであり、個人を特定することは不可能に近い。もしかしたらだが、相当特殊な魔力を持つ人間が送ってきたのかもしれない。

「ちなみに、流されていた情報は『光の収穫祭』のことについてみたいだったな。……あと」

「……あと？」

「この王国の聖女の力や歴代の力の強い聖女についてだ」

ミリウスのそう言った声は、何処となく怒りが含まれているようにも聞こえた。そのため、セイディは息を呑む。ミリウスは怒ると大層迫力がある。それこそ、誰も近寄らないレベルに。そして今、彼は相当怒っている。

「聖女事情はそれぞれの国が内密にしていることだ。それを金のために売るなんて、言語道断だ」

確かに、ミリウスの言っていることは間違いない。聖女事情はそれぞれの国にとって機密事項であり、周囲に悟られることを何よりも嫌うことだ。理由など簡単。聖女事情によってそれぞれの国の戦力が大きく違ってくるから。

（力の強い聖女が多ければ、その分戦力も上がるわ。逆もしかり）

セイディはそれをよく知っている。聖女になった時点で、それを習うからだ。

そして、その聖女事情を最も知るのは——聖女たち本人。彼女たちは口止めされており、情報を漏らせば厳罰がある。そのため、誰も表に出そうとはしない。

（この場合、レイラが情報源と考えた方が良いかも）

目を瞑って、そう考える。力が弱くても、レイラだって聖女の一人。聖女事情はある程度教えてもらえる。

「あと、もう一つよろしいですか？」

この話題に関しては後でもう一度考えるとして。そう思いながら、セイディはもう一つの疑問を口にする。

「どうして、それを私に教えてくださったのですか？　私にも隠しておいた方が、その、いろいろと都合がいいかと思いまして」

ゆっくりとそんな言葉で問いかければ、ミリウスは「あ～」と言いながら天井を見上げた。

……まさかではあるが、何も考えていなかったのではないだろうか？

そんなことをセイディが思っていれば、ミリウスは「直感？」なんて何の根拠もない言葉を告げてくる。

「このことを、セイディには伝えた方が良い。そんなことを、突然思い立ってな」

「それって、理由になっていますか？」

「なっていないな。……まぁ、俺はお前があの夫妻に協力しているとは考えていないわけだしな」

にやりと口元を上げ、ミリウスはそう言う。その後、彼は「じゃあ、また明日な」と言って手のひらをひらひらと振りながら歩いていく。大方、自分の部屋に戻るのだろう。

「……というか、いきなりこんなことを言われても」

父のことも、継母のことも、レイラのことも。信じてなどいない。好いてもいない。だから、彼らがどうなろうが関係ないし、興味もない……と言えば薄情だと言われるのかもしれない。が、自分を虐げてきた人たちを心配しろ、愛せという方が酷だ。そう、セイディは考えている。

「……はぁ、なんていうかなぁ」

ミリウスの言ったことは、知らない方が良いことだったのかもしれない。一瞬だけそう思ったが、知っていて損はないことだろうと思いなおす。自分の元家族が帝国の内通者など、考えたくもないのだけれど。

あの二人が、そこまで落ちていたとも考えたくもないのだけれど。それでも、もしもそれが真実なのならば。自分が、できることは。

「お父様とお義母様を止めること、よね」

それが簡単に出来ていたら苦労などないのだろうが。そんな自虐的なことを考えながら、セイディは大きく伸びをした後、部屋に戻り寝台に近づいていく。明日からは忙しい。ならば、今日はぐっすりと眠っておくに限るだろう。そう思ったのだ。

でも、それよりも。

「お母様。お母様って……一体、どんなお方だったの？」

ふと、そう思ってしまった。

祖父母も亡くなっているし、実母の出自を知る術はほとんど絶たれている。だけど、もしかしたら。自分が生きていれば、いつかは実母の出自にたどり着けるのではないだろうか。そんな淡い期待が胸の中に芽生えてくる。

「私、いつかお母様のことを知りたいの。だから、私のことを見守っていてね」

夜空に向かってそう伝えても、実母に伝わっているかどうかはわからない。

けど。そう思いながらセイディは寝台に上がり毛布にくるまった。最近は肌寒くなってきており、冬が近づいてきているのがよく分かる。夏も終わり、今の季節は秋。そして冬が終われば、春が来る。だけど、その時まで。次の春まで。自分は、ここにいることが出来ているのだろうか？　そんなことを一瞬だけ考えてしまった。まぁ、今はそんなことを考えても無駄なだけなのだろうが。

(明日からは、もっと頑張るわ。いよいよ、本番だもの)

いろいろと不安は尽きないが、役に立つしかないのだ。だってここには――セイディにとって、大切な人たちがいるのだから。

初日の始まり

そして、翌日。

朝から王国内は賑わっており、さすがは王国一のお祭りが開催される日というだけはある。

ヤーノルド伯爵領の方もかなり賑わっていたが、王都の賑わいはそれ以上だ。そんなことを考えながら、セイディはぼんやりとレースのカーテン越しに窓の外を見つめていた。

（……まさか、こんなことになるなんてね）

何だろうか。ふと、いろいろなことを思い出してしまう。

しかし、頭の中の半分以上はメイド業のことばかりだった。今日から三日間は朝食づくりも休みになっているので、騎士たちがまともな朝食を摂れているかが心配になってしまう。ここに来たばかりの頃、リオは「騎士たちの作る食事はマズイ」と言っていた。それを思い出し、セイディは「皆様、大丈夫かしら……？」と一気に不安になってしまった。

（っていうか、掃除はどうされる気なの？　皆様、玄関で土を落とされないから廊下とか大変なことになっていない？）

いつもいつも玄関は汚れていた。さらには、洗濯もきちんとできているか不安だ。ここまで不安が尽きないと、もういっそ母親気分である。自分の方が年下なのに、何故か騎士たちの世話を焼いてしまう。アシェルがいるため大丈夫だろうとは思っているが、彼も今は大層忙しいだろう。寄宿舎の方にまで手が回らないかもしれない。いや、間違いなくそうだ。

そんなことを考えていると、セイディのいる部屋の扉がノックされる。それに驚いたものの、時計を見れば移動時間が近づいていた。迎えだろう。

「はい、どうぞ」

そう返事をすれば、扉がゆっくりと開き顔を見せたのはほかでもないジャックだった。

彼は「今日一日、よろしく頼む」とセイディに声をかけてくる。どうやら、まずは挨拶をということらしい。それに気が付き、セイディは「こちらこそよろしくお願いいたします」と頭を下げて返した。

いくら易々と頭を下げるなと言われていても、ジャックは魔法騎士団の団長であり、筆頭公爵家の令息なのだ。とてもではないが今のセイディでも敵うような相手ではない。

そう思いながら何処となくぎこちない笑みを浮かべていれば、彼は「何か、悩みでもあるのか？」と問いかけてくる。多分だが、今のセイディは相当不安そうな表情をしていたに違いない。

「……えぇっと、まぁ、ありますね」

苦笑を浮かべてそう返せば、ジャックは「そうか」と言ってセイディのことをまっすぐに見つめた後、そっと視線を逸らす。どうやら、まだセイディのことを直視できないらしい。まぁ、これでもマシにはなったのだ。それにほかの女性に比べればセイディを見つめる時間は三倍以上である。成長している、間違いなく。

「どういう悩みだ？」

しかし、それは一体どういう風の吹きまわしなのだろうか。そもそも、ジャックに言ったところで解決するような悩みでもない。そんな風に思うが、厚意は受け取っておくに限る。

「えぇっと、ですね……」

「あぁ」

「騎士の皆様がここ三日、きちんと生活できるか心配でして……」

「はぁ？」

　驚いたような声がセイディの耳に届いた。そのためジャックの顔を見つめれば、彼は何処となく引きつったような表情を浮かべている。多分、セイディの悩みが彼の想像する斜め上だったためだ。

「……おい」

「皆様、すごく玄関を汚すのです。しかも、洗濯もきちんとできているか……。あと、朝食がきちんと作れているか、とか……」

　一度不安が思い浮かべば、次から次へと思い浮かんでしまう。俯いて唇をわなわなと震わせ、様々な不安を口にするセイディを見て、ジャックはどう思ったのだろうか。いや、間違いなく呆れている。

「……お前、それよりも心配するべきことがあるだろう」

　呆れたような声音でそう言われるものの、セイディからすれば今一番の不安はまさに騎士たちの生活である。アーネストのことやフレディのこと、ジャレッドのことに神官長のこと。心配は尽きないが、目先の心配はこれ一択だった。

「だ、だって……！」

　ジャックに抗議しようとするが、彼は自身の耳をふさぐと「あいつらも、幼子じゃないだろ」と突き放すように告げてきた。聞いておいて、その態度はないのではないだろうか。一瞬そう思ったが、ジャックの回答は正しい。彼らはほとんど成人しており、一番幼い騎士も十三歳だ。少なくとも、手のかかるような年齢ではない。

「お前が何を心配しているのかは分かったが、今は仕事に集中しろ」

「……はい」

「わかったならいい」

それだけを告げ、ジャックはおもむろに手を伸ばしセイディの頭をなでる。その行動に、セイディは目を見開いてしまった。珍しい。そういう意味を込めてジャックのことを見据えれば、彼は露骨に狼狽えた。ちなみに、顔には「しまった」と書いてある。きっと、魔法騎士たちと同じように扱ってしまったのだ。それは容易にセイディにも想像がついた。

「そ、その、だな……」

「……はい」

「その衣装、初めて見る、な……」

それにしても話題の変え方が下手過ぎないだろうか？　一瞬そう思ったものの、今はその話題の転換が素直に嬉しい。そんなことを思い、セイディはその場でくるりと回ってみた。

「どうでしょうか？　変じゃ、ありませんか？」

一応そう問いかけてみれば、彼は口をもごもごと動かしている。なので、セイディは首をかしげてしまった。彼が口下手なのはよく分かっているが、それでも口下手のレベルがすさまじい。最近悪い意味でパワーアップしているようにしか思えない。

ちなみに、セイディの今日の衣装はこの間身に着けたものよりもいくらか豪奢（ごうしゃ）になっている。こういうのを完全体と言えばいいのだろうか？　そんなことを思いながらセイディがジャックのことを見据えていれば、彼は「……まぁまぁ、だな」と言う。多分、それがジャックなりの褒め言葉なのだろう。

「聖女の姿を見るのは初めて、か」

「そういえば、そうですね」

ジャックがふとそう言ってきたので、セイディは同意した。

普段は私服のワンピース、もしくはメイド服を身にまとっていることが多い。さらにいえばこういう衣装を身にまとうのもあの時を除いてかなり久々である。つまり、ほとんどの人がセイディの聖女の姿を見たことがないということになる。

「殿下も、無理を言うだろう。……わざわざ、こんなことを頼んで」

「ミリウス様は、いつもあんな感じですから」

「お前も、殿下の無茶ぶりに慣れてしまったのか」

ジャックはため息をついた後、そんな言葉を零す。

今更だが、相変わらずセイディのことは「お前」呼ばわりである。が、もう特に突っ込む気力も起きなかった。ジャックはこういう人物だとセイディもよーくわかっているからだろう。それに、最初に比べればまだ話をしてくれるようになった……はず、である。口下手度は加速しているが。

「騎士や魔法騎士たちは、最低限を除いて王都の警護に出てしまっているからな。……あまり、勝手に突っ走るな。絶対にだ」

「承知しております」

どうやらこういう面ではセイディは信頼に値しない人物らしい。まぁ、間違いないのだが。

そんなことを考え、セイディは「……今日の私は、聖女ですからね」と呟く。

リリスは、もうそばにはいない。あんなにも馴れ馴れしかったフレディもいない。面倒を見てくれた神官長もいない。

そんな不安だらけの空間だが、今は自らに与えられた任務を前向きにとらえ、こなすことしかできないのだ。……自分は、今年の代表聖女なのだから。

「あの男が、どう仕掛けてくるかだな。俺はお前のことを守る。ただ、それだけだ」

決意を宿したような目でジャックがそう言ってくる。あの男とは、間違いなくアーネストのことだ。何処となく狂気をまとった、歪な人物。言っていることと行動が何処となく一致しない。皇帝陛下とは利害の一致で協力していると言う、人物。美しいのにその目に宿す狂気は恐ろしいほどに冷たい人でもあった。

「……あまり、危険なことは」

ジャックのその言葉にセイディは思わずそう返してしまう。そうすれば、ジャックは「この三日間は、俺よりもお前の命が優先される」と何でもない風に告げてきた。

「たとえ俺が死んだところで、それは名誉の死だろうな」

首を横に振りながらジャックはそう言った。

多分だが、騎士や魔法騎士などの前線に立つ人物にとってそれは名誉なことなのだろう。セイディからすれば、そうでもないのだが。

でも、それはきっと自分の脳内が聖女としての考えで支配されているから。フレディは以前、「聖女とは考えが違う」と言っていた。つまり、そういうことなのだ。

「ま、死なないことが一番だがな。……俺としても、そう簡単にやられるつもりはない。……だが、あの男を退けるには手段なんて選んでいる場合でもない」

そう言ったジャックの声音は、とても真剣なものだった。だからこそ、セイディは「……そう、ですね」とだけ返事をする。

（そうよ、今はアーネスト様のことを一番に考えるべきなのよ。あのお方がどういう風に行動してくるかがわからない以上、下手に行動するべきではないわ）

セイディの役割は、この王国を守ることなのだから。だったら、自分は予定通りに行動するだけ。

それからしばらく二人で何でもない雑談をしていれば、扉越しに「セイディ様、そろそろ、大丈夫でしょうか？」と女性の声が聞こえてくる。そのため、セイディはジャックに視線を向ける。その視線を見てか、ジャックは静かに頷いてくれた。どうやら、彼の方も準備は万端らしい。

「……行くか」

「そうですね。……改めて、今日一日よろしくお願いいたします」

「あぁ。……少なくとも、俺は代表聖女がお前でよかったと思って……いる」

最後の方の言葉は、何処か消え入りそうなほど小さかった。その言葉の意味がよく分からずにセイディが頭上に疑問符を浮かべていれば、彼は小さく「ほかの女だったら、何を話していいか全くわからなかったからな」とぼやいていた。どうやら、彼は何処までも女性が苦手らしい。

（……それって、いい意味でとらえればいいの？　それとも、悪い意味でとらえればいいの？）

裏を返せば、それはセイディが女性として認識されていないということではないだろうか。一瞬そう思っていたが、今はそんなことを気にしている余裕などない。もしも考えるとしても、それは『光の収穫祭』が終わった後にするべきだ。今するべきことでは、ない。

その後、セイディとジャックは並んで王宮の廊下を歩く。

途中、数人の侍女とすれ違ったのだが彼女たちはジャックのことを見て露骨に頬を染める。……やはり、ジャックも相当モテるな。当の本人は明らかに顔をしかめているのだが、モテることに変わりはない。それにきっと侍女たちはジャックが顔をしかめたことに気が付いていない。

「いつも思いますけれど、ジャック様も大層モテますよね」

「……なんだ、急に」

あまりにも無言だったため、セイディからジャックに声をかけてみる。

彼は自ら話すことは少ないが、セイディが声をかければ反応してくれることが多い。だから、話しかけるのは苦ではない。とはいえ、話題のチョイスはかなり難しいのだけれど。

「いえ、先ほどの侍女の人たちを見ていると、そんなことを思いました」

以前街でばったりと会った時も、ジャックは女性から熱い視線を浴びていた。

騎士も魔法騎士も高給取りである。それに貴族が多い。そうなれば自然と女性はすり寄ってくる。

ジャックはそういう面も考慮して女性が苦手だと言っているのかもしれない。

「……まぁ、迷惑だがな」

セイディの言葉に、時間差でジャックはそう返してくる。ジャックならば、そう返してくると思っていた。

そんなことを考えながらセイディは苦笑を浮かべる。女性にモテると嬉しいと思う人の方が多いのかもしれない。それでも、確かにジャックのように嫌がる人種も一定数いるのだ。

「ジャック様は……恋、とか、されたことはありますか？」

「どうした、いきなり」

前を向いたままセイディがそう問いかければ、彼は怪訝そうにそんな言葉を返してくる。まだ一刀両断されなかっただけ、マシな返事なのだろう。そう思いながらもセイディは「気になっただけです」と言う。

「恋なんてしたことがない。……そもそも、俺は異性が苦手だからな」

「そうなのですか」

「まぁ、立場上いつかは結婚しなければならないということは、わかっているが」

ジャックも前を向いたままそう言う。ジャックの言っていることはセイディにもよく分かる。彼は王国の筆頭公爵家の嫡男なのだ。結婚し、家を存続させる必要がある。以前ジャックは弟がいると言っていた。そのため、血が途絶えることはなかなかないだろう。が、ジャックの両親は彼に結婚してもらうことを望んでいるはずだ。

「では、婚活……頑張ってくださ、い」

「……そうだな」

まぁ、以前から数回お見合いをしては失敗しているという話は、耳に挟んでいる。それもミリウスに笑い話の一環として教えられた。ミリウスとジャックは気心の知れた仲だからこそ、そんなことを知っているのだろう。

だが、自分がそれを面白おかしく茶化すわけにはいかない。まぁ、面白いとは思っている……のかもしれないが。

「ところで、だな」

「どうかなさいましたか？」

不意に改まったようにジャックがそう声をかけてくるので、セイディは首をかしげながら彼の方に視線を向けてみる。そうすれば、彼は「……リアムに、ちょっかいは出されていないか？」と問いかけてきた。その問いかけは、今更過ぎる。

「今更ですよね？」

「そうだな。……だが、ふと気になってしまってな」

ならば、セイディの護衛にリアムを選ばなければよかったのに。そう思ってしまうが、リアムが無理強いしたということは本人からすでに聞いていた。なので、ジャックを責める気は起きない。

「……まぁ、苦手意識は薄れました……かね？」

「そうか、だったらよかった」

いや、まったくよくないのですが。

心の中でそう付け足すものの、こちらも決して口には出さない。やはり、これをジャックに伝えても意味などないと分かっているから。

そんなことをセイディが考えていた時だった。不意にセイディの意識が一瞬飛びかけてしまう。視界が歪み、何処となく頭がふらふらとする。

そして、それから数秒後——セイディの足に力が入らなくなり、そのまま倒れこんでしまいそうになった。

「おい！」

「……あ」

だが、寸前のところでジャックが支えてくれたらしく、地面に顔面を打ち付けるという醜態は免れることが出来た。それにほっと一息をつこうとするが、それよりもたった一つだけ問題があって。

「……あ、あの」

どうして、自分はジャックに抱きしめられるような体勢になっているのだろうか？

そう思ってセイディが目を瞬かせていれば、彼は自分のやっていることにようやく気が付いたらしく、ハッとしてセイディの身体を離す。

……いや、別に怒ってはいないのだが。助けてくれて感謝しているのに。

目でそう訴えようとするものの、彼はセイディから離れるように一歩、二歩、三歩と後ずさっていく。

だから怒ってなどいないというのに。

「あ、あの、ジャック様……？」

「わ、悪かった！　……その、だな」

「いえ、助かったと思っているのですが……」

何故、彼がそこまで慌てふためく必要があるのだろうか？

一瞬そう思ってしまうが、やはり勘違いされたくないとかそういうことだろう。そう判断し、セイディは「私の方こそ、申し訳ございませんでした」と言う。先ほどのことは、セイディに非がある。どうしていきなり意識が飛びかけたのかはわからない。だが、間違いなくセイディの不注意が関係していた。

「えっと……助けてくださって、ありがとうございました」

まず、お礼だけは言わなくては。そう考えセイディは軽く頭を下げてそう告げる。すると、ジャックは片手で口元を押さえながら、「あ、あぁ」と時間差で返してきた。その顔は何処となく真っ赤であり、照れているのは一目瞭然だった。

「あ、あの……」

だけど、なにもそこまで硬直しなくてもいいだろう。

そう思いセイディが手を伸ばそうとすれば、彼は「い、行くぞ！」と誤魔化すように言う。そして、そのまま歩き出してしまった。

……これは、深入りするなということだろう。

そう判断しセイディは「はい」と端的に返事をし、ゆっくりとジャックについて歩き出す。

（っていうか、何もそこまで慌てふためかなくても……）

そんな風に思ってしまうが、ジャックだから仕方がないと思う気持ちもある。それに、まだあれでもマシな反応だと思うのだ。セイディ以外の女性だったら、もっと悲惨なことになっていたはずだから。それは喜ぶべきことなのか悲しむべきことなのかはよくわからないが、彼がこのままでいいわけがないだろう。

「……あの、ジャック様」

ジャックの隣に並び、彼の顔を見上げながら名前を呼べば彼は「ど、どうした！」と半ば叫ぶように返事をくれる。……そこまで気にされると、こっちも恥ずかしくなってしまうじゃないか。どうせならば、気にしていないふりをしてほしい。ついでに言うのならば忘れてほしい。

「ジャック様。お言葉ですが、もう少し女性に対して免疫をつけた方が良いかと思います」

これは間違いなく余計なお世話だ。それはわかっているが、誰かが言ってあげないと彼はいつまでも成長しない。

一番言える立場なのはミリウスだが、彼はジャックのこの現状を面白がっている。つまり、絶対に言わない。それは容易に想像が出来た。

「……余計なお世話、だ」

やはり、そう返してきたか。そう思いながらも、セイディは「ですが、その態度ですと相手の女性に失礼ですよ」と静かな声音で告げる。

貴族の女性はプライドの高い人が多い。そういう人たちの中には、こういう態度を取られれば怒り出す女性も一定数いるのだ。きっとジャックが今までお見合いに失敗してきたのは、こういう態度が一番の原因なのだろうな。まぁ、それは以前からわかっていたことであり、誰もがわかることなのだが。

「わかってる。わかっているが……簡単に直ったら苦労しないだろ！」

「それは、そうですけれど……」

セイディだって、男性慣れしているとはお世辞にも言えない。だから、もう言わない方が良いかな。そう思いセイディが押し黙れば、彼は「……だから、その……お前が、手伝え」と小さな声で言ってきた。

「わ、私、ですか……？」

「あぁ、お前ならばまだ、まだマシ、だ。だから、お前に手伝ってもらうのが手っ取り早い」

それは確かにそうかもしれないが。そんなことを思いながらセイディが眉を下げていれば、ジャックは「それとも、嫌か？」と問いかけてくる。別に嫌というわけではない。ただ驚いてしまっただけだ。

「いいえ、嫌ではありませんよ。ただ私は世間一般的に普通の女性ではないと思いますので、私に慣れたからといって、ほかの女性に対しても普通に接することが出来るかと問われれば、別問題かと」

「それもそうか」

いや、そこは納得してほしくなかったかもしれない。心の中でそう思いながら、セイディは「ですが、私でよければ手伝いますよ」と言う。ついでににっこりと笑っておいた。

自分がジャックの役に立てるかどうかはよく分からない。それでも、少しでも役に立ちたいのだ。ジャックが悪い人ではないということはよく分かっている。そんな彼に幸せになってほしいと思うのはある意味当然である。上から目線だと言われるかもしれないが。

「……そうか。それは、その、助かる」

セイディの目を見て、ジャックはそう言ってくれた。その表情が何処となく愛らしく、そして面白く見えてしまうのは、セイディがそこまで彼のことを嫌悪していないからだろうか。多分だが、アシェルにこのことを伝えれば「大物」と言われるのだろう。

「さて、話は変わるが相変わらず殿下は行方不明中だ」

「……ちょっと待ってください。それ、重要案件ですよね？」

「まぁな。まぁ、今日は俺が護衛だから問題ないだろう。放っておくぞ。……行くぞ、セイディ」

あ、今、久々に名前を呼んでくれた。

心の中でそう思うものの、セイディは指摘しない。ここで指摘すると彼の性格上、とても慌てふためく。ついでに言えば、面倒なことになる。それがわかっていたので、セイディは気が付いていないふりをした。もちろん、心の中では「言った方が面白いだろうなぁ」とは思っていたが。言わないけれど。絶対に、言わないけれど。

そして、セイディはゆっくりと王宮の入り口に立つ。ここを出れば、今から自分はこの『光の収穫祭』の主役と言っても過言ではない存在となる。

アーネストのことを考えると、自分は堂々とするべきだ。そう思いながら、セイディはゆっくりと息を吸う。

「……行きます」

その後、そう呟いて一旦目を瞑る。今まで、いろいろなことがあった。だけど、自分はもう――怯まない。そう心に誓って、目を開いた。

『光の収穫祭』開始

その後始まった『光の収穫祭』は例年通り大盛況だった。

街にはたくさんの露店が並び、民たちが笑みを浮かべている。街のところどころには王都の神殿勤めの聖女がおり、彼女たちは彼女たちでそれぞれ活動をしているようだった。

民たちに愛想を振りまき、セイディは笑みを浮かべて王都の神殿の一つであるアストリー神殿での務めを終え、馬車に乗り込む。今日はいくつかの神殿を回り力を披露する。二日目までは神殿を回るだけだが、最終日にはパレードがある。そこが一番の心配だろうか。

馬車の椅子に腰かけたセイディは、目の前にいるジャックを見据える。彼は何処となく面白くなさそうな表情をしており、いつもよりも眉間にしわが寄っているようにも見える。……まぁ、理由は大体予想が出来ている。護衛なのに、たくさんの女性に声をかけられたためだろう。

（やっぱり、ジャック様ってモテるのよね……）

そんなことを、嫌というほど再認識させられた。

対面にいるジャックは露骨に「はぁ」とため息をつく。馬車の窓にはカーテンがかけられており、外の様子は見ることが出来ない。しかし、この移動時間だけがセイディにとっての休憩時間なのだ。そのため、今だけは寛げる。そう考え、セイディも「ふぅ」と息を吐いた。

(なんていうか、頭が痛いわ)

何処かずきずきと痛む頭を押さえながら、セイディは一旦水分補給をする。秋になったとはいえ、まだ少し暑い。脱水症状を起こさないためには、移動時間のうちに水分補給をしておかなければならない。そう思ったのだ。

そんなことをセイディが考えていれば、不意に目の前のジャックに「おい」と声をかけられる。だからこそ、セイディは「どうか、なさいましたか?」と問いかけた。

「……いや、お前、本当に外面はいいなと思ってな」

……なんだ、それは。

そう思いセイディが顔をしかめれば、彼は「悪い意味じゃない」と付け足してきた。いや、外面はいいなんて絶対に悪口だ。そう考えてセイディが「……悪かったですね」と返せば、ジャックは少し頭を掻きながら「だから、悪い意味じゃない」と訂正してくる。

「聖女としてのお前は、本当に外面が良いなぁと思っただけだ。……メイドの時とは、違う」

「当たり前ですよ。聖女は民たちにとってあこがれの存在ですから。それに、代表聖女は特にそうです」

ヤーノルド神殿に従事していたころから、『光の収穫祭』には聖女として参加していた。とはいっても、代表聖女以外は基本的には交代制なので、楽しむ時間は少しだけあった……ような、気がする。まぁ、セイディが過去の『光の収穫祭』を楽しんでいたかと言われれば、別問題だが。

（結構お仕事に追われていたからなぁ）

交代制とはいえ、セイディは聖女として人一倍働いていた。……というか、異母妹のレイラが何かをやらかすたびにセイディが尻ぬぐいに奔走していただけとも言えるが。

「それに、代表聖女は王国の繁栄の証し。……そう、習いましたから」

「そうか」

馬車に軽く揺られながら、セイディはジャックのことをまた見据えた。……しかし、何を話せばいいかがこれっぽっちもわからない。彼も彼で、この場を気まずく思っているのだろう。

……ちょっと、からかってみたいかも。一瞬そんな邪な感情がセイディの頭の中に生まれるが、その感情にはすっとふたをした。うん、やはりダメだ。だって、ジャックには冗談があまり通じないのだから。真に受けられかねない。

「ところで、お前」

「はい」

が、いつまでもお前呼ばわりを続けるのだろうか。さっきは、名前で呼んでくれたのになぁ。そう思ってしまう。

そもそも、何度も言うがセイディはいいとしても普通の女性がお前呼ばわりをされたらどう思うのだろうか。そう言うところも直さないと、いつまで経っても結婚できないぞ。内心でそう思う。間違いなく余計なお世話だが。

「……お前は、その」

絶対に、話題を決めずに話しかけたな。

ただ、気まずいから声をかけただけだろうな。

それはセイディにも容易に想像が出来たので、セイディは「では、私から一つ、よろしいでしょうか？」と小さく手を挙げて言ってみる。そうすれば、ジャックは「あぁ」と返事をくれた。その表情はとても嬉しそうであり、やはり話題など決めていなかったのだろう。

「ずっと言っていますが、私は別にお前と呼ばれても怒ったりしませんが、普通の女性は怒りますからね。気を付けてください」

「……そうか。ところで、どうしてお前は怒らない」

「もう、あきらめました」

当初はジャックに名前で呼んでくれと言っていた覚えがある。でも、どうやら彼のお前呼ばわりは癖のようなものらしく、直らないと早々に判断を下したのだ。だから、もう何かを言うつもりはない。自分に関しては、だが。

「潔いな」

「そりゃあ、無駄なことは嫌いですから」

時は金なり。時間は有限である。決して無限ではない。

ならば、無駄なことは容赦なく切り捨てていくのが正しい。セイディは常日頃からそう思っている。時間をお金に換算することはいいことなのかはわからないが、無駄なことをするくらいならばお金を稼いでいたいのだ。

「……善処する」

ジャックの言葉はつまり、無理かもしれないということか。そう考えたものの、セイディは「頑張ってくださいね」とだけ言っておいた。ジャックの婚活に口を出すつもりはこれっぽっちもないが、せめて彼が幸せになれることを望むしかない。なんだかんだ言っても、悪い人ではないのだ。堅物で、無愛想で、仕事人間で、女性が苦手で。そういう点を除けば、彼は超が付くほどの優良物件だ。……多分。

「ところで、だが」

「どうかなさいましたか？」

それからまたしばらくして、ジャックが声をかけてくる。そのため、セイディがジャックに視線を戻し、そう返事をすれば、彼は「……調子、あまりよくないだろ」と言ってきた。

「いつものような覇気がない。……この間、魔力を使いすぎたんだろ」

ジャックはそんなことを言った後、「無理は、するなよ」と続けてくれた。

やはり、彼はなんだかんだ言っても優しい人だ。それを実感しながら、「わかっています」と言って微笑んだ。その際に、ジャックが視線を露骨に逸らしたことについては——もう、突っ込まない。

その後しばらく馬車が走り、ジャックは不意に馬車の窓にかかるカーテンを開き、外をちらりと見つめた。それから「もうすぐ、次の神殿だぞ」と声をかけてくる。

その声を聞いて、セイディは自身の衣装を軽くはたいた。今は聖女。それも代表聖女だ。いつものように雑な格好をするわけにはいかない。それに関しては、初期の頃に習った。代表聖女は民たちの理想だと。憧れだと。

「……次は、王都の端っこにある西の神殿だったか。お前、本当に無茶はするなよ」

「何度も言いますが、わかっていますよ」

ジャックはかなりの心配性だな。心の中でそう思い、セイディが口元を緩めれば彼はまた視線を逸らした。……これくらい笑いかけるだけでも、ダメなのか。

そんなことを考えながらセイディも馬車の窓のカーテンを少しだけ開き、外を見つめてみる。外では民たちが笑みを浮かべ、楽しそうに過ごしている。……この光景を、自分は守っていかなくてはならないのだ。

(お母様。お母様の力、私に貸してね)

そんなことを心の中で呟いて、セイディは自身のポケットに入れていた形見の指輪を握りしめる。聖女の力は遺伝しやすい。それが真実ならば、自身の母もかなりの力を持つ聖女だったということになる。だから、その実母の力を借りることが出来たならば。自分はそれなりにやることが出来るはずだ。

「……なぁ、お前」

セイディが一人でいろいろと考えていると、ジャックがまた声をかけてくる。次は、一体何だろうか？　そう思いながらセイディは「どうか、なさいましたか？」と首を傾げ問う。その言葉を聞いたジャックは「お前は、誰かを恨んだりしないのか？」と突拍子もなく問いかけてきた。

「それはどういうこと、ですか？」

「お前の境遇を、俺は知っている。だからな、父親のことや継母のこと、異母妹に元婚約者。あいつらのことを、恨んでいないのかと尋ねているんだ」

ジャックはそんなことを続けるが、顔はセイディの方に向いていない。どうやら、気まずいらしい。

ジャックの問いかけは、今まで何度も何度もたくさんの人から問いかけられたことだった。恨んでいるのか、恨んでいないのか。言葉にするのはいつだって難しい。それでも、一言で言い表すのならば――。

「恨んでいませんよ、別に」

最近少しずつ、考えが変わってきた自覚はある。しかし、恨んでいないと未だに断言できる。そもそも、彼らには彼らの道がある。ならば、この先彼らが後悔しようが破滅しようが、それが彼らの選んだ結末だったということだけなのだ。

それに、後ろを向いて過去に囚われるよりも前を向いて生きた方が良い。そう思う気持ちもあった。

（そりゃあ、失敗してほしいっていう気持ちは、あるけれどね）

心の中でそう付け足すが、ジャックには言わない。ただにっこりと笑って、「私には、味方がいましたから」と言うだけだ。

「それに、私、騎士団の寄宿舎でメイドとして働けて今幸せですから。……多分、メイド業って私にぴったりの仕事だったのだと思います」

「……そうか」

「たくさんの出逢いもありましたし。あと……」

「……あと？」

「高いお給金に好待遇。最高ですよね！」

にっこりと笑ってそう言えば、ジャックが何処となく呆れたようにため息をついたのがわかった。その目には「こんな時まで金か」という感情が映っている。まぁ、誰が聞いてもそう思うだろうな。そう、セイディは思った。

それに、口ではそう言っているものの一番嬉しかったのはたくさんの出逢いだった。

ここにきて、たくさんの人と出逢った。リリスやフレディのことは残念だったが、ここではたくさんのことを教えてもらった。だから、メイドを辞めてもそれ相応に生きていく自信がある。そもそも、ここに来なければ自分の聖女の力が規格外だったことなどを知ることは出来なかったのだから。

「本当に、たくさんの方々に出逢えてよかった」

ボソッとセイディがそんな言葉を零せば、目の前のジャックは「……それは、だな」と小さく呟く。

「あ、もちろん、ジャック様も入っていますよ」

「そういうことを言いたいんじゃない！」

なんだか面白そうだったので、そんな言葉を告げてみればジャックは顔を真っ赤にしながら否定をしてくる。……そういう言葉が返ってくるのは、大体予想していた。いや、期待していた。やはり、面白いなぁ。そう実感してしまう。

「いえ、仲間外れにしてしまうと不貞腐れてしまうかと……」

「……お前は俺を何だと思っているんだ」

セイディの言葉に、ジャックは頭を抱えてしまう。

ちょっと、からかいすぎてしまったかもしれない。最近ではジャックもセイディにそこそこ心を許してくれるようになった。そのため、前々から思っていたからかいをやってみたのだ。まぁ、突拍子もなく行動に移したことに関しては、反省点だろうか。今度は予告しよう。そう、思う。

「冗談ですよ。……最近、ジャック様の警戒心が薄れてきているみたいだったので、嬉しいなぁって」

「……そうか」

でも、そんな風に静かに言葉を返してくるのはちょっと予想外だったかもしれない。そんな感想を抱きながら、セイディはただジャックを見据える。そして、ジャックに向かって口を開いた。

「ありがとうございます」

と。

初期の頃。ジャックはセイディのことを認めようとはしなかった。それでも、今はそこそこ認めてくれている。それが、とても嬉しかった。彼の良さを、知ることもできた。

「……改まるな」

「ジャック様って、案外照れ屋みたいですよね」

認めてくれたからこそ、こうやってからかったり軽口を言い合えるような関係性になれたのだろう。それを実感しながら、セイディはただ笑う。

（この『光の収穫祭』が終わったら、ここにいられないかもしれない。いなくなるかもしれないものね）

ミリウスに告げられたあの言葉。それから、これ以上ここにいれば周囲に迷惑をかけてしまうかもしれない。それだけは、避けたい。恩をあだで返すことだけは何よりも避けたいことだから。

「……お前は」

セイディが少し肩をすくめていれば、ジャックが不意にセイディの方に手を伸ばしてくる。それは一体どういう意味だったのだろうか。もしかしたら、今のセイディがひどく辛そうな表情をしていたのかもしれない。今自分が浮かべてる表情はいまいちよく分からないが、あまりいい表情をしていないことだけはわかる。

「どうなさいました？」

誤魔化すように笑ってそう問えば、彼は「……何でもない」と言って手を引っ込めた。

（……こんなこと、お話できることじゃない。それに、口止めされているじゃない）

元家族が内通者かもしれない。そんな可能性を教えられたものの、ミリウスには口外するなと言われている。それはジャックに対しても一緒のはず。そのため、言えるわけがない。……言っていいわけがない。

（ここに居られて、楽しかった）

もしも出て行くとしても、ここで教わったことは忘れないし、出逢いも一生のものだろう。

どれだけここにいたいと願い続けたところで、元家族のことがある以上なかなかうまくはいかないだろう。わかっている。わかっているのに――わかりたくないと思ってしまう。

（メイド、続けていたいなぁ）

内心で零した言葉は、完全な本音だった。嘘も偽りもない、セイディの心の底からの気持ち。それを言うことははばかられるので、言うことも伝えることもしない。ただ、自分の胸の内に秘めておくだけだ。

それが、私の仕事ですから

それからしばらくの間『光の収穫祭』は特に問題も起きずに滞りなく進んだ。もちろん、セイディの体調があまり優れないという要素はあった。が、セイディは笑みを張り付け民たちに愛想良くする。あの短い期間で身に付けた気品も、かなり役に立っていた。

（なんとなく体調は悪いけれど、今日は大丈夫そうね）

笑顔を振りまきながら、セイディはそんなことを思う。傍で控えているジャックが何処となく微妙な表情を浮かべているのは間違いない。大方、セイディが無茶をしていると思っているのだろう。

それは、わかる。

……やはり、彼は真面目で心配性だ。もう少し、ミリウスもジャックを見習ってくれればいいのに。そう思う気持ちは少なからずあって。

（……アーネスト様がどういう風に仕掛けてくるかがわからない以上、私は気を引き締めなくちゃ）

重厚な石畳の上を歩きながら、セイディは光の魔力を披露していく。西の神殿は古き良きを貫いており、ところどころ石畳は欠けていた。その所為で躓いてしまいそうにもなるが、そこはぐっとこらえる。躓くのはこの際いい。転ばなければ、問題ない。

（よし、大丈夫）

心の中でそう呟き、セイディは光の魔力を披露していく。その魔力――魔法は大きなものではない。しかし、高度な調整が必要な難しいものを選んでいる。理由など簡単だ。マギニス帝国にセイディの力を示すため。見る人が見れば、その力のすごさがわかるようなラインナップなのだ。これは、神官長と相談を重ねこういう形になったというのもある。

「なんていうか、今年の聖女様って……」

「あぁ、いつもとはオーラが違うような気がするよな……」

セイディが魔法を披露していれば、何処からかそんな声が聞こえてきた。が、何かを指摘されたり言われることはない。それにほっと一安心する。

今はまだ、マギニス帝国の脅威を悟られるわけにはいかない。王家の考えが、ミリウスの考えがそうである以上セイディはそれに従うまでなのだ。

そして、ある程度光の魔法を披露し終えた後。ジャックに時間だと耳打ちされ、セイディは三つ目の神殿に向かう準備をすることにした。

一応、民たちはセイディの正体を特に勘繰ってはいないらしい。もしかしたら、聖女たちは何かに気が付いてしまったかもしれないが。

そのまま歩き、最後にセイディが「失礼します」と声を上げようとしたときだった。

「聖女様～！」

一人の女の子が、セイディの方に駆けよってこようとした。

その母親である女性は慌てて女の子を止めようとする。それには明確な理由がある。

『光の収穫祭』の代表聖女に一般市民が触れるのはご法度だったりするためだ。古くから、そういう決まりがあったりする。

「――おい」

だからこそ、ジャックがその女の子を止めようとしたときだった。不意に女の子が石畳の欠けた部分に躓き、転んでしまう。石畳と言うこともあり、女の子の膝には痛々しい擦り傷が出来ていた。

しかも、女の子はその場で泣き出してしまう。

「走るからよ！」

母親であろう女性は泣きじゃくる女の子を抱き上げ、周囲に頭を下げていた。もちろん、セイディに対しても深々と礼をする。

でも、セイディにはそれよりも気になることがあった。それは、女の子の怪我の具合である。石畳の上で転んでしまえば、そこそこ痛いはずだ。それに、膝からは血が出てしまっている。

……あまり褒められたことではないかもしれないが、今、自分が出来ることは。

「……あの」

そう思ったからこそ、セイディは女の子とその母親に声をかけた。それを見てジャックは一瞬目を見開くものの、セイディの考えがわかったのか彼は口を閉ざす。彼はこういうことに関しては察しが良いらしい。それは、素直に助かる。

「本当に……」

小さくジャックがそう呟いたものの、セイディは無視をして女の子と目線を合わせる。そうすれば、女の子は目に涙をためながらセイディのことをじっと見つめていた。そのため、セイディは「大丈夫」とだけ女の子に告げ、その擦り傷の部分に手をかざす。

「聖女様が、痛いのを取ってあげるからね」

その後、女の子にそう声をかけて——セイディは女の子の擦り傷の部分に光の魔力を注いでいく。するとあっという間に女の子の擦り傷は消えてしまった。

その光景に、周囲の民たちはざわめいていた。……この治癒スピードが、かなりのものだとわかっているからだろう。

「あ、あの……」

「今度は、転ばないようにしっかりと見ていてあげてくださいね」

母親がセイディに何かを告げようとしたので、セイディはそれを遮って端的にそう言った。それから、「ありがとう、聖女様！」とお礼を告げてくる女の子に手を振って、用意されていた馬車に乗り込む。ジャックは黙ってセイディについてきてくれていた。

（あまりこういう風に力を使うことは褒められたことではないのかもしれないけれど……。それでも、これも聖女の仕事の一環だし）

聖女とは民たちを癒すのが一番の仕事だ。だから、今行ったことに間違いはない。

心の中でそう思い、セイディは乗り込んだ馬車から民たちに手を振る。もちろん、表情は完璧な笑顔だ。

そんな中、ジャックは仏頂面でセイディのことを見つめていた。彼は怒ってはいない。ただ、呆れているのだ。少なくとも何らかの感情をセイディに抱いているのは間違いない。それだけはセイディにも分かった。

それからしばし無言の時間を過ごし、不意にジャックがセイディの目の前でため息をつく。そして、彼は「……あまり、ああいうことはするなよ」と小言を零してきた。その小言はアシェルを連想させるものだ。そう思いながら、セイディは「ああいうのも、聖女である私の仕事ですから」と軽く笑いながら言葉を返す。

「そうだったとしても、だ。……そもそも、お前は今体調がすぐれないだろう。無理をする必要はこれっぽっちもない」

首を横に振りながら、ジャックはそう言う。その声音は優しそうなものであり、彼はセイディの行動を咎めているわけではない。咎めているのは体調不良なのにあの行動をとったことについてだ。それがわかったからこそ、セイディの心が温かくなる。

「……無茶だけは、するなよ」

何度も何度も言い聞かせられるその言葉に、セイディは無言でうなずいた。無茶なんて、していない。するわけもない。そう言えたらいいのに、生憎と言っていいのかセイディにそう言える冷酷さなどない。冷酷な部分はもちろんあるのだろうが、そこまでではないということだ。

「……なぁ、お前は」

「どう、なさいましたか？」

「お前は、どうしてそんなにも人のために無茶をする」

ゆっくりと、心底不思議そうに。ジャックはそう問いかけてきた。その質問にセイディは目を丸くしてしまう。人のために無茶をしているわけではない。ただ与えられた恩を返しているだけだ。自分は見ず知らずの人間に無償の愛を与えられるほどお人好しではないのだから。自分の命を削ってまでも人を助けようとは思えない。それでも、恩を返すことだけは必要なのだ。

「……私は、そこまで人のために自分を犠牲にして動いているつもりはありません」

目を閉じて、セイディは静かにそう告げる。

「ただ、恩返しをしているだけです。……騎士団の方々、魔法騎士団の方々、皆様のお役に立つために、働いているだけです」

「そうは、見えないがな」

「……そうですか。まぁ、そうかもしれませんね」

ジャックのその言葉にセイディは静かに言葉を返して目を開く。

「だって、これが私の仕事ですから。……私は、与えられた仕事を全うするだけですから」

役割があるということは幸せなことだ。居場所があることも幸せなことだ。だからセイディは行動するだけ。仕事がある以上、期待以上の結果を残す。居場所を失わないように努力をする。もちろん、不可抗力で失敗することも失うこともあるのだろうが。

「……そうか」

どうやら、ジャックはこの言葉で納得してくれたらしい。そういうこともあり、セイディはうなずいた。が、それからすぐ後のことだった。

「――っつ！」

頭を、鈍器で殴られたようなひどい痛みがセイディのことを襲った。その頭痛は到底耐えられるようなものではなく、その場に倒れてしまいそうになる。

「おい！」

それに気が付いたためか、ジャックが慌ててセイディの方に駆けより身体を支えてくれた。ジャックはゆっくりとセイディに声をかけてくれるが、その声さえ遠のいていく。

（ダメ。今は――ダメ）

そう思い、セイディは衣装のポケットに入れていた実母の形見である指輪を握りしめた。

どうして、こんなにも頭が痛いのかはわからない。きっと、何か原因があるのだろう。そして、その原因として一番に考えられるのは――魔法石の件だった。

（……お母様）

こういう時に、誰に縋ればいいのかがいまいちわからない。神様なのか、異国の仏様なのか。はたまた悪魔なのか天使なのか。それがわからないからこそ、セイディは実母に縋った。記憶にない実母。でも、きっとあの人ならば助けてくれる。使用人たちが慕っていた優しい母ならば。

『──セイディ』

そんなとき、不意に見知らぬ女性の声がセイディの脳内で響いた。その声は、とても優しそうであり慈愛に満ちたような声。けれど、何処となく芯の強さが溢れているような凛々しい声。その声は、セイディの頭痛を弱めていく。

『──セイディ』

何度も何度も呼ばれる、自分の名前。それから、瞼の裏に蘇る幼い頃の光景。

『……おかあさま?』

エイラに抱き上げられ、寝台に横たわる女性に声をかける幼い頃の自分。横たわる女性は最期の力を振り絞ってか、セイディの頭を撫でてくれた。最期に、彼女が告げた言葉は──……。

『──貴女は、きっと──』

確かに、女性の口元が見える。けれど、彼女がなんと言ったのかははっきりとは分からなかった。

……もしかしたら、いいや、間違いなく。この光景は──……。

「……お母様?」

あの女性は、実母なのだろう。そんなことを考えながら、セイディはハッと顔を上げた。

一番に視界に入ったのはジャックの真っ赤な髪。彼はセイディのことを本気で心配してくれているらしく、「大丈夫か?」と声をかけてくれた。その手はセイディの背に添えられており、どうやら女性が苦手なりに介抱してくれようとしたらしい。

「……は、ぃ」

ジャックの言葉に、セイディは端的に返事をする。今はもう、頭痛はきれいさっぱり消えてくれている。あの頭痛が何だったのかはわからない。でも、助けてくれたのは――。

（……お母様、よね？）

実母のことは、全くと言っていいほど覚えていない。しかし、あの女性は実母なのだろう。封印された記憶の片隅が、断片的によみがえったような気がする。が、そうなれば前々から抱いていた疑問がもう一度浮かび上がる。

――どうして、自分は実母のことをこれっぽっちも覚えていないのだろうか、と。

（お母様。お母様のお名前も、お姿も、覚えていないわ。……思い出したいのに）

もしも、何かショックなことがあって忘れていたのだとしても。いつかは思い出したい。間違いなくそう思っている。

「……おい、本当に顔色が悪いぞ」

「大丈夫です。ちょっと、頭が痛くて」

さすがに体調が悪いことを隠しきることは出来ない。そもそも、ジャックに調子が悪いことはバレてしまっている。ならば、正直に言ってしまった方が楽だ。そんなことを思い、セイディは返事をした。

そうすれば、ジャックは「……魔力不足か？」と問いかけてくる。確かにこの間の魔法石のことで魔力をかなり消費したことはわかっている。だが、どうして今になって。あの時はそこまで調子が悪いことはなかったというのに。

セイディがそう思っていると、不意にジャックが手を差し出してくる。それを不思議に思いながらもセイディも手を差し出せば、ジャックはセイディの手のひらの上に紙に包まれた飴玉のようなものを一つだけおいてくれた。これは、一体何なのだろうか。

「魔力を補充する際に使うサプリメントみたいなものだ。……魔法騎士は、基本的にこれを持ち歩いている。気休めにしかならないだろうが、一応使え」

「……ありがとう、ございます」

それはジャックなりにセイディのことを気遣ってくれた証拠だろう。それに、優しさ。

そう思いながらセイディはその飴玉のようなものの包みを解き、口の中に入れる。味はあまり感じないが、ほのかに甘いような気がする。お菓子ではないので美味しいわけではない。けれど、食べやすい味だった。

「明日の護衛は、殿下だったな」

「……そうですね」

セイディの気を紛らわそうとしてくれたのか、ジャックはそう声をかけてくれた。だからこそ、セイディは端的に言葉を返す。その言葉を聞いたためか、ジャックは「……勝手に、何処かに行かないようにくぎだけは刺さないとな」とボソッとこぼす。

……そこまで、ミリウスには信頼がないのか。そんなことを思ってしまうが、実際に彼の行動を見ていると信頼しろという方が無理な気さえする。あんなにも自由奔放で、自分勝手で。それでも、何処となく憎めない。憎めないからこそミリウスは団長で居続けることが出来ている。……その後ろで、アシェルやリオの奮闘もあるのだろうが。

「……そういえば、最終日の護衛って……」

ジャックの話を聞いていると、ふと一つの疑問がセイディの頭の中に浮かび上がってきた。今日の護衛はジャック。明日の護衛はミリウスだと聞いている。しかし、三日目は聞いていないような気がする。どちらが護衛をしてくれるのかはわからないが、どちらでも問題はないと思う。ただ、どちらなのか心の準備が必要なだけだ。

(三日目はパレードもあるしね)

内心でそう思いながらセイディが考えていれば、ジャックは「三日目は、半日ずつで交代する予定だが……」と答えてくれた。が、その言葉は何処となく歯切れが悪い。

「だが？」

「まぁ、現状俺と殿下、二人ともつくことになっているな」

……それはそれで、なんというか微妙だ。

だって、見目麗しい男性を侍らせている気分になってしまいそうだから。セイディが高位貴族の令嬢ならば、それを誇りに思うのだろう。でも、実際のセイディはただのメイドであり、元聖女。ついでに言えば、実家の子爵家を勘当されたような女なのだ。

「なんだ、文句でもあるのか？」

セイディのその態度を見たからなのか、ジャックは怪訝そうにそう問いかけてくる。そのため、セイディは「……いえ、なんて言いますか、悪女みたいな？」と言葉を返した。

「悪女？」

「ほら、見目麗しい男性を侍らせる、悪女みたいな感じになりませんかね？」

ジャックの復唱にセイディはそう返す。すると、彼は「……俺たちは、そんな簡単な奴じゃない」と言ってくる。まぁ、それは知っている。ジャックもミリウスも、そんな簡単な人間ではない。わかっている。ただの、たとえ話だ。

「それに、殿下を侍らせられると思うなよ。振り回されるのがオチだ」

「……ですよね」

「あと、俺は利用されるのが大層嫌いだ」

「そうですよね」

ジャックは公爵家の令息だ。それはつまり、それだけプライドが高いということ。ジャックはそこまでプライドが高そうには見えないが、彼には彼なりのプライドがあるはず。それは、セイディだってわかっている。

「まぁ、お前だったら、まだ……その」

「はい？」

「いや、お前にならばまだ、振り回されるのも悪くないかな……と、思っただけだ」

いや、一体どうしてそうなる。そんなことをセイディが考えていれば、ジャックは「忘れろ」と低い声で言ってきた。

(多分、ジャック様はほかの女性に振り回されるくらいならば、私に振り回された方がマシだと思われているのよね)

きっと、そういうことだ。セイディは一人自己完結しながら、ジャックのその言葉に笑っていた。

第一の襲撃

それからまたしばしの時間が経ち。

セイディは三つ目の神殿であるハーリー神殿での仕事を終えていた。前二つの神殿と同じように祈りを捧げ、光の魔法を披露する。本日は合計で四つの神殿を回ることになっており、次で最後だ。

腕時計をちらりと見つめれば、時計は午後三時。この調子だと夕方の五時には終わるだろうか。

(なんていうか、準備の方がずっと大変だったのよね……)

笑顔を振りまきながら、セイディは内心でそう思う。

準備には二週間以上の日をかけていた。それに、騎士や魔法騎士たちは四十日も前から準備を行っていたのだ。それに比べ、本番はたったの三日。しかし、この三日間は最大限の警戒をしなければならない。だから気を緩めることは絶対に許されない。自身の役割がある以上、それは間違いない。

心の中で気合を入れなおし、セイディがまた馬車に乗り込もうとしたときだった。

不意に、知り合いの声が耳に届いたような気がした。いや、違う。彼は知り合いなどではない。セイディからすれば敵なのだ。

「……アーネスト様」

目を瞑って、全神経を聴覚に集中させる。聖女の力を使っているときは、全体的に感覚が鋭くなっていたりもする。そのため、聴覚に神経を集中させれば、アーネストのいる方向がわかるはずだ。

そう考え、セイディは耳を澄ませる。民たちの喧騒の中、微かに聞こえたその声。その声の方向に視線を向け、セイディはとある一点を見つめた。

「……ジャック様」

「あぁ」

セイディの様子から何かを感じ取っていたのだろう、ジャックは何のためらいもなくセイディの視線の先を追った。そこには、人ごみにまぎれたあのアーネスト・イザヤ・ホーエンローエと名乗った男性がいて。彼はセイディたちの様子を遠目から見つめているようだ。彼がどんな表情をしているかまでは、よく分からない。だけど、多分――いい表情はしていない。

「……ここから、離れるぞ」

ジャックにそんな言葉を耳打ちされ、セイディはうなずく。

もしも、ここで戦闘になってしまえば民たちにまで被害が及ぶ。それにアーネストだってバカじゃない。手間を最低限に済ませたいはずだ。ならば、セイディを襲撃するのは――もう少し、閑散とした場所だろうか。

「こういう時に殿下がいれば、もう少し楽なんだがな」

馬車に乗り込めば、ジャックはボソッとそんな言葉を零す。

それにセイディは軽く同意をしながら、馬車の窓から外の景色をちらっと見つめた。先ほどの場所にアーネストはいない。多分、彼は無駄な血を流すことは好まないタイプだ。それは、決して慈悲深いからなどではない。ただ、自分にメリットがないから。

そして、自らの手間が増えてしまうから。彼は何処まで行ってもメリットデメリットで判断するのだろう。そんな気がした。

「……なぁ」

じっと窓の外をセイディが見つめていれば、ふとジャックが声をかけてくる。その声音はとても真剣なものであり、セイディはまっすぐに彼のことを見据えた。

そうすれば、彼は「……多分だが、あの男だけじゃないぞ」と言葉を零す。

「確かに主犯格はあの男――アーネストの奴かもしれない。が、多分ほかにも帝国の人間はいる。それも、帝国の皇帝のお気に入りが」

ジャックのその言葉に、セイディは目を瞬かせた。

その可能性は少しだけ思い浮かんでいた。アーネストはセイディの力を見た時、敵に回すのは得策じゃないと言っていたのだ。それでも、彼らがリア王国への侵略をあきらめた気配はない。ならば、することはたった一つ。

援軍を呼ぶ。

それも、とんでもない実力者を。

「それに、あの宮廷魔法使いが帝国を裏切ったと断定することが出来ない。だからな、あの宮廷魔法使いのことも警戒しなくちゃならない」

「……わかって、います」

「随分と物わかりが良いな」

確かに今までのセイディならばこの言葉に少しのためらいを見せただろう。

しかし、今は自分の考えだけで突っ走っていい時ではないのだ。今するべきことは協力であり、王国を守ること。

「……とはいっても、ここは相手がどう仕掛けてくるかだな」

どう仕掛けてくるかが分かればいいのに。心の中でそう思いながら、セイディがもう一度窓の外に視線を向けようとしたときだった。

「っつ！」

馬車が、大きく揺れた。これは石に躓いたとかそういうレベルではない。そう考え、セイディは視線だけで素早く周囲を観察する。が、異変などない。ならば――。

「ジャック様、上です！」

前、右、後ろ、左。ここに異変がないのならば、一番考えられる可能性は――上。

そう思い、セイディがジャックに声をかければ、ジャックは魔法で馬車の屋根を突き破る。途中、こっそりと「……備品を壊したから、弁償だな」なんて呟きもセイディの耳に入った。

……この際、貯金がある程度消えても仕方がない。王国を守らなければ、貯金など無意味なのだ。

馬車の屋根が壊れた後、上から一人の男性が下りてくる。その男性はさらりとした髪を揺らしながら、セイディのことを見つめてにっこりと笑う。その目は細められているが、相変わらず狂気を纏ったような雰囲気だ。

「……アーネスト様」

「はい、アーネストです」

セイディの言葉にアーネストは抑揚のない返答をくれた。その後、彼は人差し指を自身の唇に押し当て、「襲撃、してみました」なんてお茶目な雰囲気で告げてくる。まぁ、お茶目なのは雰囲気だけであり、実際はそうでもなかったりするのだが。

「……その態度、気に入らないな」

「別に、俺は他者に好かれたいなどこれっぽっちも思っていないので。ついでに言うと、こんなこと他者に好かれたい人間が出来ることとではないでしょう」

ジャックの言葉にアーネストはけらけらと笑いながらそう返す。

確かにその言葉は間違ってはいない。アーネストのやっていることは、マギニス帝国のやっていることは、他者に好かれたいと思っている人物が出来ることではない。だからこそ、わかるのだ。

彼は、他者を何とも思っていない非情な人間だと。その纏う狂気は本物なのだと。

「……お前、一応俺の後ろに隠れていろ」

「は、はい」

ジャックがそう言ってセイディの身体を庇うように前に立つ。そのため、セイディは大人しくしていることにした。普通の馬車よりは広いとはいえ、狭いことに変わりはない。セイディが変に動けば間違いなくジャックの足手まといになってしまう。それはわかっていた。

それに、ここはほんの少しの間とはいえ戦場なのだ。ならば、戦いに慣れているジャックに従うに限る。自分はやはり戦場には慣れていないのだから。

「ふむ、そこまでして、その聖女様を守りたいのですかね？」

「……それが、俺の役割だからな」

「貴方、公爵家の嫡男だそうですけれどね」

肩をすくめながらそう言うアーネストの言葉は、やたらと刺々しい。まるで、バカにしたような。嘲笑するような。そんな声音にジャックが軽く怒りを抱いたのがセイディにも伝わってきた。

（アーネスト様は、人の癪に障る言動が本当に多いのよね。まるで、わざと人を怒らせようとしているみたいだわ）

心の中でそう思いながら、セイディはジャックの陰に隠れてアーネストの姿を見据える。

整った顔立ち。きれいな髪に、何処となく狂気をまとったような目。すらりとした体格は、女性から人気が高そうだ。

そんな彼が、どうしてここまで歪んでしまったのかはわからない。でも、少なくともセイディは思うのだ。歪んだ人にはそれ相応の理由があるのだと。だから、きっと。アーネストには人格形成の段階で何かがあったのだろうと。

「公爵家の嫡男が、そんな貧相な女を守るんですね。……確かに、力の強い聖女様かもしれません。それでも、この国には聖女様なんて掃いて捨てるほどいるでしょう」

「……だったとしても、だ。俺は俺に課せられた役割を全うするだけだ。……お前とは、違う」

「ふふっ、俺も自分に課せられた役割を全うしているだけなんですけれどね」

今度はくすくすと笑い声を上げながら。アーネストはそう言ってくる。確かにアーネストも自分に課せられた役割を全うしようとしているのだ。マギニス帝国の皇帝から与えられた役割を全うする。だからこそ彼は今、ここでセイディやジャックと対峙（たいじ）している。

「お前と、一緒にするな」

「おや、そうですか。けど、俺と貴方は案外似ていると思いますけれどね」

その言葉はのんびりとした声音で紡がれる。その後、アーネストはブーツでコンコンと馬車の床を数回たたいた。その行動に、一体何の意味があるのかは見当もつかない。もしかしたら何の意味もないのかもしれないが、警戒しておくに越したことはない。

「実は、俺にはどんな手段を使ってでも守りたい存在がありまして。……そのために、こういう風に動いているんですよ」

「……そうか」

「皇帝陛下も案外同じだったりするんです。まぁ、皇帝陛下の場合は『俺たち』とは事情が違いますが」

アーネストの言う『俺たち』とはマギニス帝国の皇帝のお気に入りたちのことなのだろう。

それはセイディにも分かった。だからセイディはアーネストのことをただ見据え続ける。自分は今、お荷物に近い存在だ。ならば、自分は大人しくする。万が一の時のために、治癒の準備だけはしておくが。

「まぁ、ここで一旦戦闘と行きましょうか。……俺、これでも割と実力のある魔法騎士でしてね。……貴方、いえ、ジャック・メルヴィルとは一度お手合わせをしてみたくて」

「……そうか」

「この王国の実力者と、一度戦ってみたかったんですよ。もちろん、あの騎士団長については例外ですよ。俺、あっけなく殺されちゃいますから」

そう言って、アーネストは懐から短剣のようなものを取り出す。そのためだろう。ジャックはセイディに対し「……本当に、大人しくしていろよ」と言葉をかけてきた。その言葉にセイディはうなずくことしかできない。

「さすがに皇帝陛下に手土産なしで帰るのは、いろいろな意味でできないのでね。……さっさと始末しますよ、その聖女様を」

アーネストのその言葉は刺々しく、冷え切っていた。それでも、セイディは負けじとアーネストのことを強くにらみつける。が、今彼の目にはジャックしか映っていないはずだ。何故ならば、ジャックを倒さない限りセイディを始末することは出来ないから。

セイディがアーネストのことを見つめていれば、彼はそのまま馬車の床を蹴り、ジャックの懐に飛び込んでくる。その光景にセイディが身を縮こまらせればジャックが魔法でその攻撃を阻んでいた。

……魔法騎士は、剣と魔法を交えて戦うという。そのため、ジャックは魔法の腕も剣の腕も素晴らしいものだと聞いている。

「とりあえず、お前は殿下に連絡しろ！」

「ミリウス様の居場所って、わからないじゃないですか！」

ジャックのその言葉にセイディが叫び返事をすれば、彼は「じゃあ、アシェルの奴だ！」と叫んでくる。そして、彼は通信機をセイディに投げつけてきた。

その通信機を受け止め、セイディはアシェルに連絡を取ろうとする。幸いにも通信相手の番号は名前と共にそばにある付箋にメモされていた。それを見て、心の中で几帳面なジャックらしいとセイディは一瞬だけ思ってしまう。

しかし、今はそれどころではないと思いなおし、その中のアシェルの番号を押していく。そういえば、ミリウスはこの通信機をよくなくすと言っていたようなことを思いだした。

数回のコールの後、アシェルの「……どうしましたか？」という怪訝そうな声が通信機越しに聞こえてきた。口調が丁寧なのは、相手がジャックだと思っているからだろう。

そんなことを思いながら、セイディは通信機に向かって「アシェル様！」と叫ぶ。その声を聞いたためか、アシェルは「セイディか？」と問いかけてきた。

「一体、どうした。どうにも焦っているようだが……」

「えぇっと、まぁ、簡単にまとめればアーネスト様に襲撃されてしまって……」

それは、簡単にまとめすぎだろう。

セイディ自身もそう思いながら淡々とことを端折って説明する。その説明で伝わったかどうかはよく分からないが、通信機越しの「わかった」というアシェルの言葉を信じることしかできない。

「とにかく、誰かを向かわせる。……それまで、凌（しの）いでおいてくれ」

「は、はい！」

少なくとも、凌ぐのはセイディではなくジャックだ。そう思うが、今のジャックに返答を求めるなんて絶対に無理だ。それがわかっていたからこそ、セイディは返事をして通話を切った。そのあと顔を上げれば、アーネストと視線がばっちりと合ってしまう。それに対し、彼は少しだけ口元を緩めながらも攻撃の手は緩めない。

「……ジャック様、アシェル様に無事繋がりました！」

「わかった。アシェルならば、まだまともに頼れる」

ジャックのその声音は、何処となく焦っているようにも聞こえる。

そして、その言葉は裏を返せばミリウスの場合は頼れないということなのだろうな。心の中でそう思いながら、セイディは必死に脳内を落ち着け、冷静に周囲を分析した。

どちらかと言えば、この状況で押しているのはアーネストの方だろう。それは当然だった。ジャックはセイディのことを庇いながら戦っている。それだけでも分が悪いというのに、アーネストは遠慮する素振りなどちっとも見せない。元々彼が遠慮をするような人種ではないことは、わかっているのだが。

（とりあえず、私は私にできることを……！）

そう思うが、できることなど一つもなさそうだ。

扉側にはアーネストがおり、逃げるにも逃げられない。窓から飛び降りてもいいが、それはそれでいろいろと後から面倒なことになってしまう。今は、この場を凌ぐことしかできやしない。……平穏に解決するのは、無理だろうか。

（援軍が到着するまで、一体どれだけの時間がかかるかはわからないわ。……だったら、私にできることは――）

ジャックの、援護が出来たならば。

一瞬だけそんなことを思い、セイディは援護の方法を考える。しかし、ジャックはセイディに大人しくしろと言っていた。ならば、下手に手を出すことは得策ではない。アーネストの気を逸らすために話しかけるのもいいかもしれないが、彼がそんな見え見えの罠にかかるとは思えない。

そう思いセイディは実母の形見である指輪をぎゅっと握りしめた。こんな時、自分にできることはやはり祈ることだけだろう。神頼みなんてやっても意味があるのかどうかはわからない。けれど、ないよりはマシ。短時間でそう判断し、セイディはじっと目を瞑って意識を集中させる。

「無駄な抵抗は、本当にやめていただきたいんですけれどね。……俺も、暇じゃないんで」

「だったら、引いてくれるとありがたいな」

「残念ですが、それは無理です。皇帝陛下はこの王国を手に入れることをお望みです。俺にはそれをひっくり返すような力などないので」

淡々と交わされる会話と、剣同士がぶつかるような甲高い音。アーネストの声は凛としたままだが、ジャックの声はほんの少し揺れていた。やはり、かなりの負担が彼にはかかっているのだろう。それがわかったからこそ、セイディはやはり少しでも力になりたいと思ってしまう。こうなったら、やはり——アーネストの気を逸らし、油断を誘うことしかできないだろう。

「……アーネスト様」

ゆっくりと視線をアーネストに向けて、セイディはアーネストの名前を呼んだ。

そうすれば、彼は「どうしましたか？」と問いかけてくる。その動きに、乱れはない。視線はジャックだけを見据えており、セイディを見ることはない。……罠にかかるつもりはこれっぽっちもないらしい。

「……一つだけ教えてください。貴方は、マギニス帝国は何をお望みなのですか？」

出来る限り、強い口調で。怯まないように。それだけを自分に言い聞かせ、セイディはアーネストのことをにらみつけながら彼にそう問う。

「……面白いことを、教えて差し上げましょうか」

セイディの問いかけを聞いてか、アーネストはそこで一旦言葉と攻撃の手を止め、自身の前髪をかき上げた。その目がじろりとセイディのことをにらみつける。その目には強い狂気が宿っている。それは、間違いない。

「俺は皇帝陛下とメリットデメリットで繋がっている。それは以前、言いましたよね？」

「……そうですね」

「じゃあ、もう一つ教えて差し上げましょうか」

――皇帝陛下は、たった一人のために動いておいでです。

そう言ってアーネストはくすっと声を上げて笑う。その笑い方は何処か不気味であり、セイディの背筋に冷たいものが走ったような気がした。思わず腕をさすれば、アーネストはまっすぐにセイディのことを見据えていた。

（たった一人のために、こんなにも周囲を犠牲にするの？）

そのアーネストの言葉に、セイディはそんな感想を抱くことしかできなかった。

マギニス帝国の皇帝はたった一人のために、すべてを壊そうとしているのだろうか。そう思ったセイディが抱いたものは――確かな怒り。そして、それを知ってなお協力しているアーネストという男性の異常性。

「……お前、そんな奴に協力して何になる」

ジャックも同じようなことを考えていたのか、目を見開きアーネストにそう問いかけていた。その問いかけを聞いたためだろう、アーネストは静かに「……俺に、メリットがあるから、ですね」と答える。

「俺はメリットのあることしかしない。あのお方に協力すれば、俺にメリットが多い。そう、判断しただけですよ」

何処までいってもアーネストの回答はぶれない。それを聞いて、セイディは思う。やはり、アーネストと自分たちは考え方が根本的に合わないのだと。つまり、説得も無意味なのだろう。彼は自分にメリットがあることを提示されない限り、セイディたちの言葉に耳を貸そうともしない。

「……たとえ、誰に否定されたって構わない。俺たちは——自分の大切な存在を守るために動くだけですから」

なのに、そう言ったアーネストの目は何処となく揺れていた。それを見た時、セイディは初めてアーネスト・イザヤ・ホーエンローエという人間に人間味を感じた。この人物には心などないのだと、無意識のうちに思っていた。けれど、どうやら彼にも心というものはあるらしい。それが変な方向に動いているだけであり、彼らには彼らなりの正義がある。それを正しいと信じて突っ走っている。

それが、わかったような気がした。かといって、彼らの考えに賛同することは出来ないが。

「さて、残念ですがそろそろ時間切れのようですね。……俺は、撤退します」

「あ、あのっ！」

「遠くから援軍が来ているようですし、ね。……けれど、これで終わりだとは思わない方が良いですよ。俺たちは皇帝陛下の命令に逆らうつもりはありません。とりあえず、この祭りをめちゃくちゃにすることが、今の狙いですかね」

それだけの言葉を残したアーネストの姿が、ゆっくりと消えていく。これもやはり、転移魔法だろう。心の奥底でそう思いながら、セイディは消えていくアーネストを見つめていた。彼の目はとても美しい。でも、狂気を宿している。それはまるで——ある意味信念のようにも見えてしまう。

そして、アーネストの姿が完全に消えた時。不意に遠くから人影が見えた。しかし、それよりもジャックがその場に崩れ落ちたのを見て、セイディは慌てて彼の方向に駆け寄る。

「ジャック様、大丈夫ですか⁉」

「……心配するな。少し、疲れただけだ」

セイディがジャックの手を掴めば、彼はそう言ってほんの少しだけ笑う。いつもならばこの手を振り払いそうなのに。今はそんな元気さえもないのだろう。先ほどまであれだけ激しい攻防戦を繰り広げていたのだ。当たり前だ。

「あの……魔力を」

「いや、必要ない。……お前は、今は自分の仕事を全うすることだけを考えろ」

ジャックに自身の魔力を送り込もうとすれば、彼はそれを拒否してくる。その後「俺のことは、気にするな」と言って馬車の椅子に腰かける。それを見たため、セイディも元の位置に戻った。

馬車の内部はかなり荒れている。それは、先ほどの戦闘の激しさを物語っているようだった。天井には大きな穴が開き、これを弁償するとなると完全に気持ちが沈む。……せめて、経費で落ちないかなぁと思うが、騎士団の経費でも魔法騎士団の経費でも無理だ。それくらいわかっている。

「……あの男、かなりの実力者だったな」

自身の衣服を正しながら、ジャックはボソッとそんな言葉を零す。だからこそ、セイディは「……そう、ですね」と言って目を伏せる。実際、アーネストはかなりの実力者だった。それはそばで見ていただけのセイディでもわかること。ジャックほどの実力者を押していたのだ。それはそれだけ彼、アーネストに実力があるということ。

「さて、神殿巡りの続きに行くぞ」

「……はい」

「そんな暗い顔をするな。……別に、命に別条があるわけじゃない」

セイディの不安を感じ取ってか、ジャックはそう言ってくれた。どうやら、彼にも少しずつだが女性を気遣う気持ちが芽生えてきたらしい。……まぁ、それはセイディに対してだけなのだろうが。というか、セイディが女性として見られていないという方が正しいのか。

「援軍と合流して、いろいろと話すぞ。……今日は無事終わるかもしれないが、明日からが心配だ」

「……そう、ですね」

「ったく、殿下にはきっちりとくぎを刺しておかなくちゃな」

ジャックの言うくぎとは大方勝手に行動しないようにということなのだろう。それだけは容易に想像が出来たので、セイディは特に突っ込むこともなく、止まった馬車の中で援軍を待つ。

（……あぁ、さようなら、私の貯金……）

いくらこの聖女業も仕事とはいえ、馬車の修繕費が恐ろしい。そう思いながら、セイディは内心でため息をついていた。ジャックにはばれないようにこっそりと。

その後、駆けつけてくれたアシェルと合流し、神殿巡りを再開した。ちなみに、アシェルは壊れた天井を見て頭を抱えていた。……彼も修繕費について考えて途方に暮れていたのだろう。多分、セイディと同じような考えだ。

一日目の終わり

それから神殿を回り終え、セイディは遅い時間に王宮に戻ってきていた。

予想通りと言っていいのか、馬車の天井に穴を開けてしまったことに関しては咎められた。だが、幸か不幸か理由が理由だったため、セイディやジャックが弁償しろと言われることはなく。セイディたちは厳重注意で済んだのだ。貯金に関しては、無事だった。

「……はぁ」

その日の夜。王宮で間借りしている部屋のバルコニーからセイディは空を見上げていた。未だに頭痛はあるが、今のところ症状は落ち着いている。それにほっと一安心しながら、セイディは煌めく星空を見つめる。

王宮の部屋は自身の部屋の数倍は豪華であり、何処となく落ち着かない。それに合わせ、リリスがいないというのも関係しているはずだ。いつもならばリリスが自分のことを支えてくれていた。なのに、彼女は——もう、ここには戻ってくることが出来ない。

「貯金は無事だったけれど、なんだかなぁ……」

そうぼやきながら、バルコニーから今度は街を見下ろす。この時期に限って、王国は夜もにぎやかだ。

そこら中で明かりがともり、民たちが移動をしている。聖女の巡礼は昼間のみとはいえ、やはり民たちからすればこのお祭り自体が特別なのだろう。それを嫌というほど実感する。

そんな風に思いながらセイディは肌寒くなった空気に身震いした。もうすぐ冬ということもあり、この時期になると寒くなってくる。さて、そろそろ部屋の中に戻るか。そう思い、セイディはバルコニーから部屋に戻った。部屋の中は適温に保たれており、寒くはない。寒いのは常に懐である。全く、貧乏人くさい考えだ。

「明日も早いし、もうそろそろ寝ようかな……」

そう思いながら、セイディは寝台の方に移動する。ここは王宮の客間ということもあり、きらびやかで巨大な寝台はとても寝心地が良く、快適だった。が、どうにも落ち着かない。

「……あーあ、一体どうなるのかなぁ」

ついつい漏らしてしまった弱音。しかし、「いや、なるようにしかならないか」と自分に言い聞かせて寝台で寝返りを打つ。

(アーネスト様のことはいろいろあるし……。ほかにも誰かがいるとすれば、対処法はまた別で考えなくちゃ……)

アーネストだけで何かが出来るとはやはり思えない。確かにアーネストはジャックとやりあうことが出来る確かな実力者だった。それは、わかる。

けれど、こちらにはミリウスがいる。アーネストの口ぶりからして、ミリウスには敵わないと自覚しているようだった。ならば、ミリウスへの対策として誰か強者を連れてくるのが普通だ。

「あー、考えていても埒が明かないわね」

自分にそう言い聞かせるようにつぶやき、セイディは寝台から勢いよく起き上がる。寝ようと思えば、逆に目がさえて眠れない。それは割とよくあることだ。

だからこそ、セイディはお茶でも飲もうと思い寝台から下りる。幸いにもテーブルの上にお茶は用意されており、それをカップに注いで口に運ぶ。王宮のお茶は大層美味しい。それでも、どうしてもリリスのお茶を思い出してしまう。……リリスのお茶は、これ以上に美味しかった。

「フレディ様も、リリスさんも、きっと苦労されてきたのよね……」

リリスは最後の最後に自分の出自を明かしてくれた。その内容は、セイディよりもずっと悲惨な境遇に聞こえてしまった。セイディは自分の境遇をそこまで可哀想だとは思っていない。だが、リリスは別のはずだ。皇女として生まれたのに、待遇は悪く挙句帝国に利用されていた。それは、可哀想の一言で片づけていいレベルのことではない。

(何が、マギニス帝国の皇帝を動かしているの?)

アーネストは言っていた。

皇帝陛下はたった一人のために動いていると。

その一人が、誰なのかは想像もできない。そして、どんな人物なのかも。

もしかしたらその誰かは傾国のような存在であり、中身は悪女なのかもしれない。皇帝を傀儡にし、自分の欲望を満たそうとしているのかもしれない。そう思ったが、その可能性は排除した。その場合、人はついてこないだろうから。

「……私にできるのは、明日も明後日も頑張ることだけ。……ジャレッド様のことも、何とかしなくちゃだし」

元婚約者であるジャレッド・ヤーノルド。このままだと、あまりにも可哀想なのだ。

……もちろん、ジャレッド自身がと言うわけではない。自分によくしてくれたヤーノルド神殿の神官長がである。ジャレッドのことは正直なところどうでもいい部分が強い。確かに多少は思うことがあるが、そこまでではない。

そんなこんなを考えていると、不意に部屋の扉がノックされた。時計を見れば時間は午後八時半。こんな時間に訪ねてくる人間などほとんどいないはずだ。怪訝に感じながらセイディが「はい」と返事をすれば、現れたのはほかでもないミリウスだった。彼は未だに騎士服を身に纏っている。

「よぉ、元気か?」

「……元気かって……」

彼と連絡が取れていれば、自分とジャックはあそこまで苦労しなくてもよかったかもしれないのに。そう考えてしまうと軽い殺意がわいてくる。が、その感情を抑え込み「……元気と言えば、元気、ですかね?」とセイディは疑問形で言葉を返した。

「と言いますか、ミリウス様は一体どうして……」

「いや、セイディの顔でも見に来ようかと思ってさ」

「……こんな時間に、することじゃないですよね?」

こんな時間にやってきたら、いろいろな意味で勘違いされるぞ。それを教えようかと思ったが、セイディは口を閉ざした。彼は規格外だ。だから、自分が何かを言っても無駄だろう。そう思ったのだ。

「いいんだよ、ここ、俺の家だし」

「そりゃあ、そうですけれど……」

ミリウスのその言葉に、間違いはない。実際ミリウスは王族であり、この王宮の主の一員である。ならば、もう細かいことは気にするべきではないか。そう思う気持ちと、やっぱりダメだろうと思う気持ちが交錯する。

そんな風にセイディが一人葛藤していれば、ミリウスは「ちょっと、失礼するぞ」と言って部屋のソファーに腰掛ける。……この時間に、勝手にやってきて寛ぐな。心の中でそう悪態をつきながらも、セイディはミリウスの目の前に腰を下ろした。さすがに、立ったままの会話はいただけない。

「……といいますか、昨日は廊下でお話ししましたよね？」

ふとそのことを思いだしセイディが問いかければ、彼は「この三日間はいいんだよ」と言いながら頭を掻く。

「護衛という立場なら、部屋に入っても問題ない。それが決まりだ」

だったら、早めに教えておいてくれ。無駄な心配をしてしまったじゃないか。

セイディが心の奥底でそう思っていれば、ミリウスは表情を整え真剣な面持ちになる。……どうやら、この話題はここで打ち切りらしい。

「アーネストの奴、何か気になることを言っていなかったか？」

そして、彼はそんなことを問いかけてきた。

そのため、セイディはアーネストの言動を思い出す。特別変なことは言っていないように思える。あえて言うのならば、皇帝がたった一人のためだけに動いていると言っていたことくらいだろうか。気になることと言えば、それだけだ。

が、あの場にはジャックもいた。ジャックならばすでにミリウスにこのことを報告していてもおかしくはない。そう思い首を横に振れば、ミリウスは「そうか」とだけ言葉を零す。

「ジャックの奴からも報告は受けたが、いろいろと面倒な状態だな。……マギニス帝国に直談判しに行きてぇわ」

「……無理ですよね？」

「あぁ、もちろん無理だ。俺の持つ権力にもさすがに限度がある」

自分の持つ力を過信しないことは大切だ。セイディは以前アシェルにそう言われた。

その注意はミリウスにも当てはまるので、もしも彼がこの場で「大丈夫だろ」なんて楽観的な言葉を発したのならば、全力で止めるつもりだった。自分にできることは、それくらいだから。

「さて、と。セイディ、明日は頼むぞ」

「……はい」

「ジャックにもアシェルにもさんざん言われた。セイディを放り出すなと」

それは何度も聞いた愚痴だ。

そんなことを思うが、きっとそれがミリウスにとってはかなりのストレスなのだ。それがわかるからこそ、セイディは何も言えなかった。自由気ままで人に縛られることを極度に嫌うタイプの場合、束縛は間違いなくストレスになる。特にミリウスはその傾向が強いということもセイディは理解していた。

「俺はな、人に縛られることが大嫌いだ。嫌いで嫌いで仕方がない」

「……知っています」

「だがな、アシェルやジャックは俺のことを心配してああ言ってくれている。それは、よく分かっているつもりだ」

いきなり彼は何を言うのだろうか。突拍子もない話題だな。

心の中でそう零しながら、セイディは小首をかしげた。そんなセイディを見てか、彼は「……口うるさいって、嫌われ役だよな」なんてボソッとつぶやく。

「お前も、そういうやつだったんだろ？　元婚約者に対して」

「……そう、ですね」

話がどうしてそこにつながるのだろうか。

確かにセイディはジャレッドに口うるさく注意をしていた。途中からあきらめ気味になっていたが、彼にしっかりとしてほしいという気持ちに変化はなかった。

その末路があの婚約破棄だったとしても、あの行動に関して後悔はしていない。

「まぁ、セイディの心配があいつには伝わらなかったみたいだけれどな。……だから、心の隙を突かれてアーネストの奴に付け込まれた」

淡々と語られるミリウスの言葉に、セイディはそっと視線を逸らす。ミリウスのことを、まっすぐに見つめることは出来なかった。

彼の言っていることは正しい。ジャレッドは甘い方へ甘い方へと進む癖があり、そこをレイラに付け込まれていた。レイラよりも狡賢いアーネストならば、彼に付け入ることは容易いことだったはずだ。

「……心の弱さに付け込んでくる奴が、一番悪いぞ。けどさ、付け込まれる隙をつくる奴もある程度悪いと思う」

「そう、ですか」

「ま、それは俺の立場だから言えることだけれどな。……実際、俺が大切な奴がそういう状態になって、冷静でいられるかはわからねぇ」

ミリウスのその言葉にセイディは息を呑むことしかできなかった。だが、何処となくその言葉には違和感が感じられる。

……もしかして、だが。

「……ミリウス様は、私がジャレッド様に未練があると思いですか？」

その口ぶりだと、そう思っても仕方がない。

そんな意味を込めてそう問いかければ、彼は「全然」なんてあっけらかんと笑いながら言う。だったら、先ほどまでの言葉は何だったというのだろうか。

「セイディとあの男じゃ、タイプが全然違うわけだしな。セイディが好きそうなタイプじゃねぇし」

「……はぁ」

「お前、どっちかっつーとクリストファーみたいなやつが好きだろ？」

それは一体、どういう意味だ。内心でそう思い疑問符を心の中で浮かべていれば、彼は「あいつのこと、振っただろ？」と前触れもなく言う。……何故、バレている。

「あいつ、侯爵家の嫡男だし、恋仲になればそれ相応のメリットがあるのに。……どうして、振った」

どうして、だなんて。そもそも、その理由はミリウスに言うべきことではない。

万が一言うことがあったとしても、その対象はクリストファーだけのはずだ。赤の他人であるミリウスに言う理由なんてこれっぽっちもない。

「どうしてって問われましても……」

「やっぱり、利用するのは辛いか？」

けらけらと笑いながら。なのに、突き刺すような視線がセイディのことを射貫く。とても、居心地が悪かった。

「……そういう、わけでは」

だから、何も言えなかった。

その所為で視線を下に向けてそう答えれば、彼は「そっか」とだけ言葉を返してきた。その後「まぁ、俺はセイディの恋愛事情に口を出す権利があるわけじゃねぇしな」と告げてくる。

「俺はあと二年で騎士団を辞める予定だし、その後のことを考えると面倒だなぁって思う気持ちが強いな」

「そう、ですか」

いきなり話が変わったな。そう思っても、口に出すことは出来なかった。

それに、確かに騎士は二十五歳前後で辞めることが多い職種だ。結婚すれば、大体の騎士は辞める。もしくは、私立の騎士団に移籍する。理由など簡単だ。王立の騎士団では時間が縛られすぎるから。家庭を持つことがそのままでは難しいのだ。

「だから、セイディの今後のことを考えるといろいろと思うっていう気持ちは、わかる。そういうことだろ？」

「……まぁ、そう、だと思います」

実家のことを知って以来、その気持ちは強くなった。実家がマギニス帝国と癒着しているのならば、自分がここにいる権利などない。たとえ勘当されていたとしても、それをよく思わない人間は多いだろうから。

「ただ、一つだけ言えることがあるんだ」

「……何でしょうか？」

「セイディはセイディだ。……実家の奴らに振り回されるような女じゃないだろ？」

頬杖をつきながら、ミリウスはそう言ってくる。その言葉は、本気でそう思っているかのようであり、セイディのことを信じてくれているのがよく分かる。だからだろうか、セイディは自然と「はい」と返事をすることが出来た。

（そもそも、実家が不正を暴かれて没落しようが、私の知ったことじゃないのよ。……使用人たち

は、心配だけれど）

目を瞑って、そう思う。

使用人たちが路頭に迷うのは避けたい。セイディが心配してるのはそれだけだ。実父や継母、レイラのことは基本的にどうでもよかった。

「じゃあ、俺はそろそろ帰るわ。……じゃあな、セイディ」

「はい」

結局ミリウスは何をしに来たのだろうか。心の中でそう思い、セイディは部屋を出て行くミリウスの後ろ姿を見送る。

部屋の外では騎士が待機しており、セイディのことを護衛してくれている。『光の収穫祭』の間は、就寝時間などにも護衛がつくのだ。まぁ、昼間のようにジャックやミリウスではないため、手薄と言えば手薄かもしれないが。しかし、彼らにも休息が必要なのだ。

「……はぁ」

ミリウスが立ち去って、セイディはふぅと息を吐く。

やっぱり、いろいろと考えると気が重い。ただわかるのは、自分が逃げてはいけないということ。

自分に課せられた役割を、全うすることしかできないということ。

だから、自分はやるだけなのだ。そう思う気持ちに間違いはない。

「……きちんと、やるのよ」

そして、セイディが決意とばかりにそう呟いたときだった。

不意に窓の方から何かの音が聞こえたような気がした。それに驚きそちらに視線を向けるものの、特に何もないように見える。

……気のせい、だろうか。

どうやら、神経が過敏になっているらしい。少しの風の音で、こんなにも反応してしまうのだから。

心の中でそう思いながら、セイディが明かりを消そうとランプに手をかけた時だった。

——窓ガラスが、何の前触れもなくパリンと音をたてて、割れた。

「何⁉」

やはり、先ほどの音は気のせいではなかったのか。

そう思いながらセイディは割れた窓ガラスの方に視線をやる。その後、恐る恐る近づいていく。

窓ガラスの割れた音に気が付いたのか、護衛の騎士たちが「セイディ！」と言ってセイディの方に駆けよってきてくれる。

「何があった？」

「……わかりま、せん。ただ、ガラスがいきなり割れて……」

割れたガラスの方に近づいていこうとするセイディを止め、騎士の中の一人が自ら近づいていく。

その様子を遠目に眺めていれば、窓から一人の人間が堂々と部屋に入ってきた。

その人物は「あー、めんどくせぇ」なんて言いながら髪の毛を掻く。その髪色は——白銀のような美しい銀色。うっすらと開かれた目の色は、血のようなどす黒い赤色だった。禍々しいオーラを放つ、まるで人間とは思えないほど造形の整った人物。

「あれ、もしかしてここかよ、聖女の部屋って」

その人物は異常なほどに穏やかな声をしていた。ただ大きなあくびを噛み殺し、大きく伸びをする。そして、セイディと騎士たちを見据えた。その人物は肩をバキバキと鳴らしながら「へぇ」と挑発的に笑っていた。口元に見えたのは――鋭い牙。

「……どなた、ですか」

「どなたって……そういうの、訊いちゃうわけ？」

その人物の声は低かった。地を這うような低さではない。ただ、何処となく不安をあおるような声だったのだ。

「俺、ジョシュアっつーの。ジョシュア・ロジェリオ・フライフォーゲル」

そう名乗ったその男性は、セイディのことをその真っ赤な目で見据えてくる。「ジョシュア」と「ロジェリオ」という二つの名前。つまり、彼も帝国の人間なのだろう。それから、たった一つだけわかることがある。この人物は、ただの人間ではないと。

（あの牙、この容姿。……間違いないわ。このお方、吸血鬼の血を引いている）

今度は首を動かし準備運動をしながら、セイディを見据えてくる彼――ジョシュアはニヤッと好戦的に笑っていた。

「俺、強いけれど。この世で一番、な」

「「ひぃっ！」」

騎士たちの悲鳴がセイディの耳に届く。

彼の動きはほんの一瞬だけであり、たった数秒で騎士たちがその場に倒れこむ。それを見たセイディは、身構えることしかできなかった。

(多分、アーネスト様が呼んだのが――この、ジョシュア様ね)

そんなことを確信する。

だからこそ、セイディは視線を逸らさずにジョシュアを見据えた。目を逸らしたら、負けだ。

「あー、そう身構えるなって。俺自身はお前に手出しをするつもりがこれっぽっちもねぇし。……多分」

身構えるセイディを見つめ、ジョシュアは大きなあくびをした後そう言葉を発した。

彼はゆっくりとセイディに近づいてくる。その禍々しい赤色の目はセイディたった一人だけを射貫いている。その狂気に満ちた視線は、見るものすべてを委縮させる効果でもあるような。そんな雰囲気だった。

「……そのお言葉、信じられません」

「そうかよ。まぁ、それならばいいけれど」

ジョシュアはそれだけの言葉を告げ、セイディのすぐ真正面に立つ。その後、セイディの顔と自身の顔をぐっと近づけてきた。

ジョシュアの顔立ちは、とても整っていた。ただし、今はそれどころではない。ジョシュアは、帝国の刺客なのだから。

「俺はな、アーネストの奴に呼ばれて来ただけだ。……けどさ、正直俺にとっちゃぁ帝国の目的とか、関係ねぇんだわ」

けらけらと笑いながら、ジョシュアはそう続ける。

セイディがそんな彼から視線を逸らさずに、ゆっくりと後ずされば後ろは壁だった。どうやら、後ずさりも限界が来ているらしい。

倒れた騎士たちが起き上がる気配はない。頼りになるのは自分だけ。そう自分に言い聞かせ、セイディはジョシュアの目を見つめ続ける。セイディの真っ赤な目と、ジョシュアの禍々しい赤い目が醸し出す視線が交錯する。

「……では、どうして帝国に、協力するのですか」

凛とした声でそう問えば、彼は「……そうだなぁ」と言葉を零す。しかし、すぐに前を向くと「俺にはさ、守りたいものがあるんだわ」と告げてきた。

ジョシュアがまた一歩セイディに近づいてくる。その後、セイディの顔のちょうど横にある壁をどんっと大きな音を立ててたたいた。これは、世にいう壁ドンとかいうやつだろうか。が、そんなもの胸キュンしている場合ではない。少なくとも、壁にひびが入っているのがわかるから。……ジョシュアの力は、相当強いらしい。

「恩人にな、守ってほしいって言われた。だから、俺はそいつを守るためだけに生きている」

「……それ、は」

「大体さぁ、俺らってみーんなおんなじ目的持ってるわけ。……守りたい。だから、自分の正義を貫く。どれだけの犠牲の上に成り立っていたとしても、構わない」

彼らはきっと、究極の自己中心的な考え方の持ち主だ。人の幸せを踏みつぶしてでも、自らの幸せを手に入れようとしている。自分が大切にしている存在を守ろうとしている。

それは考えようによっては美徳となるのかもしれない。

でも、そのために他者を犠牲にするのはいただけない。少なくとも、セイディはそう思っている。

「間違っていると、思わないのですか？」

真剣な声音でジョシュアにそう問いかけてみれば、彼は「思わないねぇ」なんて言葉を返してきた。その声は挑発的であり、何処となく人を不快にするような声音だった。

「そもそもだ。この世界に何がある。生き物っつーのはな、狩るか狩られるかの二択だ。きれいごとなんて必要ない。俺たちは狩られる側の存在に回りたくない。そうなれば、必然的に狩る側だ」

「……」

「……そもそもな、今まで散々こっちを苦しめておいて、のうのうと生きている人間たちが許せねぇんだわ。……だから、俺は、俺たちは」

――どれだけの犠牲を生み出そうとも、自分たちの正義を貫く。

ジョシュアのその言葉を聞いて、セイディはゆっくりと目を瞑った。

もう、無理だろう。

彼らとは会話をしたところで何処までいっても平行線だ。彼らは自分の正義を変えない。そして、セイディも自らの考えを変えるつもりはない。そうすれば、考えは何処までいっても交わらない。

ただ、どちらかが狩られるまで。この話は、永遠に続く。

（アーネスト様よりはお話が通じそうだけれど……でも、無理ね。このお方も歪んでいる）

心の中でそう零し、セイディはまっすぐにジョシュアのことを見据えた。彼は間違いなく吸血鬼の血を引いている。吸血鬼とは、一部の国で迫害されてきた存在だ。その中にマギニス帝国も含まれていたはず。

……もしかしたら、これは彼なりの復讐なのかもしれない。それから、彼のいう恩人への恩返しなのかもしれない。

「……正直、俺はお前を殺すことに乗り気じゃない。アーネストの奴はお前を始末しろと言っていたけれどさ、どうにも気乗りしねぇんだわ」

セイディの考えを無視して、ジョシュアはそう続ける。そして、彼は少しだけ考えたのち「……でも、ブラッドリーの奴の意に従わねぇと、俺はあいつを守れない」と零していた。

「だからさぁ――大人しく、やられてくれねぇかなぁ？」

そう言ったジョシュアの表情は、清々しいほどの笑顔だった。

だからこそ、セイディは静かに息を呑む。首元に突き付けられた、ジョシュアの爪。それは、引っかかれればかなりの致命傷を負うことは確実だった。……彼は、月の光に照らされた銀色の髪を割れた窓から入る風になびかせながら、セイディのことを見下ろしてくる。

「あんまり、俺たちの手を煩わせるな。それが、俺が出来る最終忠告だ」

「……そう、ですか」

目を瞑って、セイディはそう返事をする。が、一瞬の隙をついて、ジョシュアと壁の間からすり抜けた。

しかし、すぐにジョシュアに手首をつかまれ、床に押し倒されてしまう。彼の真っ赤な目が、狂気をまとっていた。

「……逃げようったって、上手くはいかねぇぞ。俺の身体能力は、化け物だ。……女一人逃がすほど、甘ったれたもんじゃねえ」

救世主

ジョシュアの銀色の髪が、月の光に照らされて美しく輝く。

その髪にちらりと視線を向け、セイディは必死に思考回路を張り巡らせた。

……ここで、変に刺激をすることは得策ではない。かといって、逃げ出せるような状態でもない。

（どうする？　どうする？　説得は……無理、よね）

ジョシュアもアーネストと同類だ。自らの正義以外を悪だと決めつけている。

それがわかるからこそ、セイディはじっとジョシュアの真っ赤な目を見つめた。その禍々しい赤色をした目は、見方によってはきれいにも見える。魅了されてしまいそうだった。

「……では、一つだけお教えいただけますか？」

「は？」

「殺される前に、一つだけ訊きたいことがあるのです」

何の感情も宿さない目でセイディはジョシュアのことを見つめ、口を開いた。

すると、ジョシュアは怪訝そうな声を上げた。それを無視して、セイディは「貴方は、アーネスト様は、そこまでして一体何を守りたいのですか？」と問いかけた。

セイディは決してここで易々と殺されるつもりはない。この質問はただの時間稼ぎに過ぎないのだ。ジョシュアがこの作戦に乗ってくれるかはわからない。でも、賭けてみよう。そう思ったのだ。

「……お前に教えて、何になる」

「何にもなりませんよ。ただの世間話の一環です」

「殺されるっつーのに、のんきな奴だな」

「まぁ、私って図々しくて図太いらしいですから」

淡々とジョシュアの言葉に返答していれば、彼は面白そうに唇を歪めた。その後「……本当に、そっくりだ」と零す。どうやら、セイディはジョシュアの知り合いの誰かにそっくりらしい。

「……俺にはな、妹がいる」

そして、ジョシュアはゆっくりと話を始めた。

「……妹さん、ですか？」

「あぁ、血のつながりはないけれどな。吸血鬼と人間のハーフである俺に対して、妹は生粋の人間だ」

そこまで言って、ジョシュアは一旦言葉を切った。

が、すぐに「俺が守りたいのは、その妹だ」と教えてくれる。

「妹」という単語には何処となく嫌悪感を覚えてしまう。それは、セイディにとって妹という単語はレイラを表す言葉だからだろうか。

「つーか、恩人の娘って言った方が、正しいか。……義妹っていう言葉が、一番似合う」

けらけらと笑いながらジョシュアはそう言う。その声音は何の感情も宿していないように聞こえた。それでも、セイディにはわかった。

「妹」のことを語るジョシュアは何処となく嬉しそうだと。本当に、その妹のことを愛おしいと思っているのだろうと。それだけは、セイディにも分かった。

「俺はあいつを守りたい。何が何でも、傷つけさせない。……アーネストも、同じような感じだ」

「……そうなの、ですか」

「あぁ、まぁあいつの場合は妹じゃなくて婚約者だけれどな」

その後、ジョシュアは「長話、しちまったか」と言いながら眉間にしわを寄せていた。

（違う。ジョシュア様は、私の作戦を知っていて乗ってこられた）

今のジョシュアの言葉は、単純に聞けばセイディの作戦など知らないようだった。でも、セイディにはわかった。彼は、セイディの作戦をわかったうえで乗ってきたのだ。セイディの簡単な時間稼ぎに付き合ってくれたのだ。

「……あのな、お前、妹と似ているんだわ。だからなおさら——殺しにくい」

ゆっくりと目を瞑って、ジョシュアはそう声をかけてくる。

だが、セイディはジョシュアの妹ではない。そのため、彼はセイディのことを始末しようとする。

それはわかる。

それに、ジョシュアがその妹とセイディを天秤にかけた場合、間違いなく妹を取るのだ。セイディなど、所詮他人なのだから。

そう思いながら、セイディは「……妹さん、きっとジョシュア様のこと好きです」とふんわりと笑って言っていた。

「……はぁ？」

「だって、こんなにも自分のことを守ってくれようとするお兄さん、好きにならないわけがないじゃないですか」

その言葉はセイディの口から自然と出た言葉だった。

何の作戦でもない。伝えたかったから伝えただけ。

それに、思うのだ。ジョシュアが妹のことをこんなにも思っているのだから、妹もジョシュアのことを慕っているのだろうと。

「……わかったようなこと、言うんじゃねぇ」

「そうですよね、申し訳ございません」

端的に謝罪をして、セイディは目を閉じる。ジョシュアは妹のことに触れられることを嫌っている。いや、違う。誰かに妹のことをわかった風に言われるのが嫌なのだ。

（独占欲の塊ってか）

心の中でそうぼやき、セイディはもう一度目を開く。自身のことを見つめるジョシュアの目は、露骨に揺れていた。

それは、どうして？

自分がその妹に似ているから？　それとも――わかったような口を、きくから？

（まぁ、どっちでもいいわ。だって――）

もうすぐ――。

そう思い、セイディは視線を斜め上に向ける。すると、そこには――きれいな金色が、見えた。

「っていうか、セイディ毎回毎回殺されかけるなよ」

「……好きで、殺されかけているわけではないのですが」

「そっかそっか。まぁ、もう大丈夫だな」

セイディの身体をジョシュアの下から引きずり出しながら、その人物――ミリウスは笑う。

本当に彼は空気が読めないのか。内心でそう思いながら、セイディはミリウスに引きずられていた。……少し、身体が痛い。

「……っていうかさ、お前、誰？」

「名乗るの面倒だな。ジョシュア。それだけ言っておく」

そう言って、ジョシュアは戸惑うことなく笑う。対するミリウスも怯むことなく笑っていた。

「……ジョシュア、ねぇ」

ミリウスはそれだけを呟くと、まっすぐにジョシュアの目を見つめる。それからしばらくして、

「……人外、か」と零していた。

「人外っつーのは、ちょっと気に食わねぇ言い方だな。俺は吸血鬼。世にいう半吸血鬼っつー奴だ」

ミリウスの言葉に反論するかのように、ジョシュアはそう訂正する。それを聞いて、ミリウスは「お前、帝国の奴だろ?」と直球に会話の流れをぶった切るように問いかける。

だが、その問いかけは問いかけではない。間違いないという確信をもって行う、いわば尋問のようなもの。ミリウスの鋭い緑色の目が、ジョシュアのことをただ射貫く。

「まぁ、そうだな。俺、帝国の出身」

けらけらと笑いながら、ジョシュアはそう返す。それを聞いたためなのか、どうなのか。それはわからないが、ミリウスは「セイディ、下がれ」と言って自身が一歩前に出る。

正直に言えば、下がりたくはなかった。が、これ以上余計なことをしてミリウスの邪魔になることは避けたい。昼間と一緒だ。ジャックやミリウスのような実力者の邪魔にならないのが、今のセイディにできること。

「アーネストの奴がさぁ、自分じゃ騎士団長には敵わないからって、俺を呼び寄せたわけ」

「そっか」

「ま、俺、この世で一番強いし? お前に負ける未来とか想像できねぇんだわ」

ジョシュアがそう言うのとほぼ同時に、ミリウスが自身の大剣に手をかけた。すると、ジョシュアは「そう怒るなってば」と言いながら手のひらをひらひらと振る。

「こうなった以上、俺が不利なのはバカでもわかるわ。だから、一旦引いてやる」

「……逃がすと、思うのか?」

「逃がすとかそーいう問題じゃないんだわ。……ほら、俺って天才だし？」

そんな言葉を笑いながら告げると、ジョシュアは何やら呪文のようなものを唱える。そうすれば、彼の姿が消えていく。

……アーネストと同じ、転移魔法だろうか。

何処となく雰囲気が違うのは、術者の魔力の属性が違うからなのかもしれない。

「今日のところは引いてやる。……ま、明日も同じとは限らねぇけれどさ」

「……できれば、このままこっちには顔を出さないでほしいな」

「それは無理な相談だ。俺はブラッドリーの奴に逆らえねぇから」

その言葉を最後に、ジョシュアの姿が完全に消えた。それに一安心したためか、セイディはほっと息をついて——その場に、崩れ落ちてしまった。さすがに、気を張りすぎていたらしい。ジョシュアの爪の感覚は、未だに鮮明に残っている。

彼は口調こそあんな感じだが、本気でセイディのことを始末するつもりだった。

「……立てるか？」

セイディの様子を見かねてか、ミリウスがそう問いかけてくる。だから、セイディは静かに頷いた。

……だが、それよりも。倒れた護衛の騎士たちの方が心配だ。そう思い、セイディが彼らに視線を向ければ、ミリウスは「……あいつらは、俺が回収しておく」と言う。

「大丈夫、でしょうか？」

「あー、ジョシュアの奴の魔力にやられただけだろ。気絶しているだけだろうから、無事だ」

「でしたら、よかったです」

他者からすれば、人の心配をしている場合ではないだろう。けれど、セイディからすれば騎士たちは同じ場所で生活する大切な存在。いわば同僚や先輩なのだ。無事かどうかは大切な問題。それに……自分の所為で命を落としたともなれば、それこそ夜も眠れなくなる。

「そんじゃ、寝ろ」

「……この騒動の後に、いきなり眠れるわけがないじゃないですか。もうしばらく、起きています」

「そりゃそうだな。……何だったら、一緒にいてやろうか？」

「遠慮します」

確かにミリウスが一緒にいた方がいろいろと頼もしいだろう。でも、いろいろな意味でそれは憚(はばか)られる。少なくともセイディはミリウスとそこまで仲が良くないし、そもそも勘違いされるのが嫌だった。

「助けてくださり、ありがとうございました。どうせなので、私はあの散らばったガラスの後片付けでもしようかと」

「……こんな時まで、仕事か？」

「仕事脳ですから」

「アシェルかジャックがうつったか」

それはそれで、アシェルやジャックに失礼だろう。

そう思うが、それを指摘することは出来なかった。指摘しようと思えば出来た。ただ、それをする元気がなかっただけだ。

「じゃ、俺はあいつらを医務室に運んでくるわ。……後で、一度様子を見に戻ってくるから」

「……そこまで、しなくても」

「いや、俺が好きでしていることだしな。何だったら、ジャックとアシェルの奴も巻き込むか」

「……お疲れでしょうから、遠慮しておきます」

実際、ジャックもアシェルも大層疲れているはずなのだ。そんな、一々呼ぶことなんて出来やしない。

このことは明日にでも報告すれば済むことなのだから。心の中でそんなことを思いながらセイディは騎士たちを軽々と担いでいくミリウスの背中を見つめていた。……やはり、彼は何処となく規格外だ。

「じゃ、また後でな。……ゆっくり、してろよ」

「わかっています」

「あと、何かあったら通信機で呼べ。そこに非常用のが付いてるからさ」

「……それ、初めに教えておいてくださいませんか？」

「忘れてたわ」

いや、それはかなりの重要事項だったのでは……？　そう思って頭を抱えてしまいそうになるが、もう何も言うまい。少なくとも、助かったのだ。ぐちぐちと文句を言うつもりはない。しつこい女になるつもりは一切ない。

（ジョシュア・ロジェリオ・フライフォーゲル様、か）

アーネストの次に現れた、刺客。彼は彼で、なんとなく厄介そうだ。

心に蔓延る不安を拭うように、セイディはガラスの後片付けに移った。ちなみに、久々の掃除に心が躍ったのは内緒である。

二日目、始まる

そして、『光の収穫祭』の二日目。

街は相変わらず騒がしく、セイディたちの事情など民たちはこれっぽっちも知らないようだ。

騎士や魔法騎士たちの不安は尽きないだろうし、セイディだっていろいろと思うことがある。けれど、やるしかない。だから、頑張るだけ。

「……セイディ、本当に大丈夫か？」

「大丈夫です。昨日はいきなりだったので驚いただけですから……」

朝早く。セイディはアシェルに捕まっていた。とはいっても、説教をされているわけではない。ただ、昼間と夜の襲撃のことを心配されているだけ。アシェルのその不安はわかるが、ミリウスが側についてくれているのだから、大丈夫だ。

そう思えるのは、彼が何処までも頼もしい存在だから。……もちろん、私生活面は除く。

「……だったら、いい。まぁ、何かがあれば遠慮なく連絡してこい。俺とリオはすぐにでも駆けつけられるように待機しておくからな」

「お仕事は……？」

「そこら辺は、昨日のうちに調整済みだ。誰もが団長みたいだと思わないでほしい」

アシェルが笑いながらそう言うので、セイディは少し困ったように笑う。本当に、アシェルはミリウスのことを私生活面では信頼していないらしい。セイディもその点は一緒だが、アシェルの場合は事情が少し違う。彼らの付き合いは長いというし、セイディにはわかりようもない関係性なのかもしれない。

「一応数名の騎士や魔法騎士たちのスケジュールを調整したからな。……あと、昨日の奴らの穴埋めもな……」

ぼそぼそとそう言うアシェルに対し、セイディは「昨日の方々は、大丈夫でしたか？」と問いかける。昨日のジョシュアの襲撃により、負傷した騎士たち。ミリウス曰く彼らは軽傷と言うことだったが、やはり気になってしまう。遅延性の毒か何かがあったら……そう思ってしまうのだ。

「いや、その点は大丈夫だ。もうかなり良くなっているからな。明日からは、仕事に戻らせる」

「……過労では？」

「その場合、俺とリオが一番過労だな」

「……そう、でしたね」

確かにアシェルのその言葉は正しい。そう思いながらセイディが苦笑を浮かべていれば、部屋の外から王宮の侍女の「そろそろ、移動できますか？」と問いかけが聞こえてきた。だからこそ、セイディはアシェルに対し「行ってきますね」と声をかけてうなずく。

「あぁ、行ってこい。……俺たちも、仕事に精を出す」

「はい」

「あと、リオやクリストファーたちもセイディのことを心配していたぞ」

最後とばかりにアシェルはそんな言葉を付け足した。その言葉に、セイディの胸の内が熱くなっていく。

しかし、それを表には出さずセイディは部屋を出て行こうと歩き出した。それから部屋の扉を開けようとしたとき。部屋の扉が勝手に開き、セイディの手が空を切る。

「おっ、セイディ。準備できたのか？」

「……いきなり、現れないでください」

そんなことを言っても、ミリウスには効果などない。わかってはいるのだが、一応言いたかった。だからこそそう言えば、彼は「悪い悪い」と言ってセイディの手首をつかんでくる。それに驚けば、彼は「行くぞ」と言ってそのまま歩き出そうとした。

……その所為で、セイディは半ば引っ張られるような形になってしまう。

「あ、あのっ！」

「なんだ、文句でもあるのか？」

セイディが慌てたように声をかければ、ミリウスは振り返ってセイディにそう問いかけてくる。

その表情はとてもきれいな笑みであり、それを見ると口から出ようとしていた文句が消えていく。

この状態だと勘違いされる。もうちょっと人のことを考えてください。

そんな言葉が、しぼんでいく。

「……い、いえ」

そもそも、ミリウスに機嫌を損ねられてしまえばそれこそ一大事だ。それくらいでミリウスが機嫌を損ねるとは思えないが、念には念を入れよ。そう思いセイディが口を閉ざせば、彼は「言いたいことは、言えよ」と視線を前に向けながらセイディに告げた。

「俺みたいに自由に生きた方が、人生って楽しいぞ」

「……アシェル様に聞かれたら、怒られますよ」

「そうだな。……けどさ、アシェルも自由になったんだぞ、あれでも」

王宮の廊下を歩きながら、何でもない風に会話を交わす。

王宮の使用人たちはミリウスとセイディに道を譲るように端に寄っていた。セイディはそれに恐縮しながら歩いていたが、ミリウスは堂々と歩いている。まぁ、彼の身分からすればこれが当然、当たり前のことなのだろう。

「……そうなの、ですか」

「あぁ、特にセイディが来てからな」

が、次に発せられた言葉にセイディは疑問を持つ。セイディが来たからと言って、アシェルが変わったとは思えない。もちろん、セイディは自分が来る前のアシェルがどんな風だったかは知らない。ほかの騎士たちはいつも「副団長って、ずーっとあんな感じだから」と言っていたのを知っているくらいだ。

「俺とアシェルって、同期で付き合い長いしな。だから、ほかの奴よりはあいつのことをわかっているつもりだ」

「仲がよろしいのですね」

「まぁな。あいつ、俺に対して当初はいろいろと思っていたみたいだけれど」

けらけらと笑いながら、ミリウスはそんなことを教えてくれた。確かにミリウスとアシェルは全くタイプが違う。生真面目なアシェルと、究極の自由人間のミリウス。水と油。きっと、普通にいれば交わることはなかった二人。

「まぁ、そういう話は置いておくとして」

セイディがいろいろな感情を抱いていれば、ミリウスは突拍子もなくそんなことを言う。その後、セイディの真っ赤な目を見つめてくる。その緑色の目はやはり何もかもを見透かしたかのような雰囲気であり、その所為でセイディは微妙な気持ちになってしまった。

何がとは言わない。ただ、いろいろと思ってしまうのだ。

「昨日のジョシュアっていうやつのことだが……」

どうやら、話の内容は百八十度変わるらしい。でも、その話は必要なことのはずだ。

それがわかるからこそ、セイディは「どう、なさいましたか？」と問いかけてみる。すると、ミリウスは「まぁ、いろいろと厄介だよな」と零していた。その声音は、本気でそう思っているようだった。

「吸血鬼って、結構弱点がないんだわ」

「そう、なのですか？」

「あぁ、身体能力が人間よりもずっと高くて、特別なデメリットもない。太陽の光がダメとか十字架がダメとか、あれ所詮妄想だな」

その話はセイディも何となくは知っていた。

吸血鬼は太陽の光や十字架を苦手としているという。だが、どうやら今のミリウスの話を聞くにそれは所詮妄想らしい。

「特に、ああいう人間とのハーフが面倒だ。数少ない弱点もほぼ全部カバーされていてな。……正直、倒せるかわかんねぇ」

「……ミリウス様、でも？」

「あぁ、正直ドラゴンよりも厄介だと思う」

ミリウスがそう言うということは、実際それだけ厄介なのだろう。そう思いセイディが「……どう、すれば」と一瞬だけ不安になってしまえば、ミリウスは「でも」と言って大剣に手をかける。

これが彼なりの決意表明なのだろう。

そこで一旦言葉を切り、ミリウスは「俺が、一番だし」なんて言葉を漏らしていた。

いや、そこは張り合うところなのか？

そう思うセイディを他所に、ミリウスは「なんてな」と言いながらゆっくりと歩を進める。

「実際、俺は俺よりも強い存在を知らない。今まで正々堂々とぶつかり合えば、絶対に俺が勝ってきた。……だからさ、不謹慎にもワクワクしている自分もいるわけだ」

「……はい？」

「俺よりも強いって、どういう感じかなって」

けらけらと笑いながら、ミリウスはそう言う。それに微妙な気持ちを抱きながらセイディが外を見つめれば、王宮の外に馬車が止まっていた。本日の移動の馬車はあれらしい。

「ミリウス様って、好奇心が旺盛ですよね」

「まぁな。子供心を忘れないって言えば、よく聞こえるな」

「アシェル様は、そう受け取ってくださっていますか？」

「いや、全然。成長していないガキだって言われる」

目を伏せながらそう言うミリウスの表情は、とてもきれいだった。それこそ、見惚れてしまいそうになるくらいには。

けれど、セイディに見惚れるような暇はない。そのため、同じように目を伏せ「……私は」と唇を動かす。

「私は、これっぽっちもワクワクしていません。王国の未来がかかっていることとか、リリスさんの気持ちを考えたらそんな風には考えられませんから」

リリスの過去を知ったからこそ、彼女のことを思うからこそ。そんな楽観的には考えられなかった。しかし、一つだけ言えることはある。それは……帝国には絶対に負けられないということ。たとえ、皇帝のお気に入りたちが攻めてくるとしても、自分はそう簡単には始末されないし、この力を示し続ける。

「……そうか」

「私、リリスさんのこと信頼していました。だから、余計にこう思っちゃうんでしょうね」

あそこまで親しくなったのに、最後の最後が裏切りだなんて悲しすぎる。そう思う気持ちもあるが、リリスという人物に出逢えたこと自体は感謝している。

そして、なんだかんだ言っても彼女を救うことが出来たということも。

きっとリリスは、これからも婚約者と共に生きていく。……今度こそ、幸せをつかむことが出来ればいいのだが。

「フレディ様も、きっとリリスさんと一緒なのでしょうね」

「さぁな」

ミリウスの言葉は、素っ気なかった。

だが、その声に込められた感情は真逆だ。セイディに同意してくれている。それがわかるからこそ、セイディは「……頑張ります」と言って胸の前で手を握る。

「私、頑張ります。この王国を守るために、頑張ります」

「……そうか」

王宮の入り口にたどり着いて、セイディは一旦深呼吸をする。

そうしていれば、ミリウスが「行くぞ」と言って淡々と馬車の方向に歩きだす。セイディもそれに続いた。

本日は三つの神殿を回る予定である。一応昨日のことがあるため、警護は強化してあるらしい。

ゆっくりと馬車に乗り込み、セイディは椅子に腰かける。すると、ミリウスもゆっくりと乗り込んできた。それを見て御者が馬車を走らせ始める。

「とりあえず、何処の神殿に向かうんだっけか」

「……ここ、ですね」

地図を覗き込むミリウスに対し、セイディはそう返事をする。

ジャックはきちんとルートなども把握していたというのに、ミリウスが把握していないのは彼らの性格の違いが顕著に出ているということなのだろう。そう思うと、何となく笑いがこみあげてくる。

（頑張るわよ。お母様も、見守っていてね）

指輪を握りしめ、セイディはそう誓う。

『光の収穫祭』の二日目が――始まる。

逃げずに向き合うから

それから三十分程度馬車は走り、ゆっくりと止まった。

馬車が止まったことに気が付き、セイディは馬車の窓からこっそりと外を見つめる。

セイディの視線の先にあるのは、これまた歴史を感じさせるような神殿。どうやら、一ヶ所目の神殿であるリネハン神殿にたどり着いたらしい。

「おっ、着いたか？」

「はい」

セイディの様子を見つめ、頬杖をついていたミリウスがそう声をかけてくる。だから、セイディはうなずいた。外では民たちが集まり始めており、どうやら代表聖女の登場を今か今かと待ち望んでいるようだ。

……この瞬間は、二日目の今日でも慣れないものだ。内心でそうぼやいていれば、御者が馬車の扉を開けてくれる。そのため、セイディはゆっくりと地面に足をつけた。

その後、ゆっくりと顔を上げれば沸き上がる民たちの歓声が耳に届く。それを聞き、セイディはゆっくりと一礼をする。後ろではミリウスが護衛としてぴっちりとついてきており、そういう点もやはり慣れない。

（こうやって高貴な男性を従えていると、本当に悪女にでもなった気分だわ）

そう思っていないと、緊張で朝食べたものが逆流してきそうだった。

毎年のように聖女としての活動は行っていたものの、代表聖女ともなれば周囲からの期待が違う。もちろん、期待には沿うつもりではあるが、出来ないところはご愛嬌……で誤魔化せないだろうか？　まぁ、無理だろう。

神殿の神官たちが先導する道を歩きながら、セイディは民たちに笑顔を振りまく。笑顔を振りまくこと自体がなかなかないことだったため、笑顔が引きつっているだろう。そのことにはどうか気が付かれませんように。これでも、昨日よりはマシになったのだ。心の中で一人そんな言い訳をしながら、セイディはじっと民たちの顔を見渡していく。

（アーネスト様、ジョシュア様はいらっしゃらないわね）

彼らのような整った容姿を持っていれば、民たちにまぎれていても一瞬でわかるはずだ。実際、昨日は見つけられたのだから。

そう思いながらもセイディは神殿の中に入っていく。神殿の中では昨日と同じように神殿の神官長が待機しており、セイディのことを歓迎してくれた。

「我がリネハン神殿へようこそ、聖女様」

定型文のあいさつを交わし、セイディはゆっくりと祈りを捧げていく。この祈りとは、王国の豊穣に感謝をし、来年の豊穣を祈るものだ。こうすることにより、聖女への信仰を廃れさせないという目的がある。

聖女の力で王国の作物が豊穣している。そう印象付けるためのお祭りでもあるのだ。

「……こういう感じなんだな」

ボソッと聞こえたミリウスのその言葉には、反応できない。

どうして王族であるミリウスが『光の収穫祭』の進行を知らないのかと問いかけたいが、彼のことだ。頭からすっぽ抜けていたというに決まっている。そもそも、彼は興味ないことに関してはこれっぽっちも覚えないタイプである。多分、今まであまりこういうお祭りに参加しなかったのだ。

頭の中に叩き込んだ定型文を引っ張り出し、それを口にしていく。最後の一文を口にした後、セイディは顔を上げる。それから、ゆっくりと振り返った。

神殿の外では民たちが厳粛な空気の中セイディのことを見守っている。それも、昨日と全く同じだ。

今日も、上手くいきますように。

内心でそう唱え、セイディは神殿の外に向かおうと足を一歩前に踏み出した。その時だった。

（――っつ！）

異様な空気を感じた。肌がぴりつくような感覚に身震いし、慌てて民たちの顔を見渡せばそこには『彼』がいた。

憎悪がこもったような目でセイディのことを見つめ、今にも飛び出してきそうな男性。

（……ジャレッド様）

そこにいたのは、ほかでもないセイディの元婚約者ジャレッド・ヤーノルドだった。

彼はセイディに気が付かれたとわかったのか、その唇をゆっくりと歪める。その後、一歩一歩セイディの方に近づいてくる。

周囲の民たちは、ジャレッドの異様な雰囲気に押されてか道を空けていく。それで、構わない。民たちに被害が及ぶくらいならば、自分がジャレッドにしっかりと向き合う。そう思い、セイディはジャレッドのことを見据えた。

彼はこの間再会した時と同じような雰囲気だ。相変わらず、アーネストに操られているらしい。

「……セイディ」

「……大丈夫、です」

ミリウスがセイディを庇うように前に立つので、セイディはそれを振り払い前に出る。その行動にミリウスは一瞬だけ驚いたような表情をしたものの、セイディの顔を見て表情をすぐに真剣なものに戻した。

どうやら、セイディの意思は伝わったらしい。

「……お久しぶりですね、ジャレッド様」

しんと静まり返った空間に、セイディの声が響き渡る。それを聞いたためか、ジャレッドは「……そうでも、ないだろう」と言ってまた一歩を踏み出してくる。

そのため、セイディは口元を緩めた。

……もう、逃げない。彼としっかりと向き合う。

その時は今なのだ。そんな考えが、すとんと胸の中に落ちてきた。

（……ジャレッド様としっかりと向き合う。そして――彼を、正気に戻してみせるわ）

彼に対して情に似たような感情はない。けれど、このままだとあまりにも彼が不憫だ。だから、セイディはジャレッドに向き合うことを選ぶ。

民たちが異様な空気に困惑する中、セイディはじっとジャレッドのことを見つめ続ける。

そうしていれば、彼はセイディのすぐそばまでやってきた。さすがにここまで接近されると問題があるためなのか、ミリウスが自身の身体をセイディとジャレッドの間に滑り込ませる。

それを見たためだろう。ジャレッドは「……どけ」とミリウスに言葉を投げつける。

「悪いが、これが俺の仕事だ。……簡単には、どけねぇ」

ミリウスはジャレッドの態度に眉一つ動かさず、凛とした声でそう告げる。それを聞いたためだろう、ジャレッドは露骨に舌打ちをしていた。

視線だけで民たちを見れば、警護に当たっていた騎士や魔法騎士が民たちを避難させようと誘導しているところだった。民たちは何が起こっているのかはわかっていないようだが、避難誘導には素直に従ってくれている。神官や神官長たちもゆっくりとだが避難してくれている。そうだ。これでいい。

「セイディ、お前も逃げてもいいぞ」

「無理ですね」

「そうか。その図太さこそ、お前だわ」

その言葉は決して褒められているわけではない。

だが、今のセイディにとってそれは最高の褒め言葉だった。

ミリウスと小声で会話をしていれば、ジャレッドが何やら呪文のようなものを唱え、空間から剣のようなものを取り出す。それに対し、ミリウスは自身の大剣に手をかけた。

「邪魔をするな！」

ジャレッドのその叫び声が、セイディの鼓膜をつんざく。

今のジャレッドは正気じゃない。わかっている。だから、怯むわけにはいかない。そもそも、今までだってジャレッドに対して怯んだことは一度もないのだ。今までのように、振る舞い関わり続ければいい。

（多分、何処かにアーネスト様もいらっしゃるはず……！）

この状態のジャレッドを一人で放置することは考えにくい。特にアーネストは慎重な性格のようにもみえた。つまり、彼はこの光景を何処かで見ているのだろう。そして――隙を窺っている。それだけは、セイディにも手に取るように分かった。

視線だけでもう一度周囲を見渡すものの、アーネストの姿は見えない。内心で舌打ちしそうな気持ちを押しとどめ、セイディはミリウスの様子を窺った。

さすがは最強の騎士団長というだけはあるのか、彼はジャレッドの攻撃をいとも簡単に受け流していく。

見方によっては防戦一方かもしれない。しかし、セイディにはわかるのだ。ミリウスがわざと攻撃していないことに。攻撃を受け流すだけにとどめていることに。

「邪魔するな！」

ジャレッドの叫び声が聞こえてくる。その声には悪意や憎悪の類がこもっており、背筋がぞっとするような不気味さをまとっていた。が、ミリウスは「邪魔をしているのは、そっちだろ」と冷静な声で反論する。

「自分の過ちを認めないで、人に責任を擦り付けているだけのお前には、負ける気がしねぇ」

ミリウスのその言葉はセイディの耳にもしっかりと届いた。その言葉に息を呑み、セイディはジャレッドの目を見つめる。

彼は、いつもおどおどとしていた。傲慢なくせに度胸がなく、いつだってびくびくしていた。

そんな彼は内心でセイディを疎ましく思っていた。口うるさくて、自分のことを否定しかしないセイディのことを。

（……私も、心の中ではジャレッド様のことを疎ましく思っていたわ）

今ならばそれがよく分かる。

ジャレッドに近づこうとしなかったのは、自分も一緒なのだ。結局、自分たちは両方が互いに歩み寄ろうとしなかった。その結果、こんな状況に陥っている。それがわかるからこそ、セイディはジャレッドの金色の目を見つめる。

……もしかしたら、二人で歩む未来があったかもしれないのに。

「くそっ、くそっ！」

今のジャレッドの声にこもっている感情は、一体何だろうか。

上手くいかないことへの怒り？　焦り？　苛立ち？

多分、その全部だ。

「あきらめろ。……お前じゃ、俺には絶対に勝てねぇよ」

声を荒げるジャレッドに対し、ミリウスは冷静に言葉を返し、淡々と攻撃を流す。その光景を見つめながら、セイディは口を開いた。

「――ジャレッド様」

凛とした声で彼の名前を呼ぶ。多分、今のジャレッドを正気に戻すために必要なのは、彼を倒すことでも殺すことでもない。

誰かの言葉なのだろう。

胸の中にすとんと落ちてきたその可能性を試すために、セイディはジャレッドの目をまっすぐに見つめて口を開く。

「貴方は、私のことを疎んできましたね」

婚約した当初から、ジャレッドはセイディのことを疎んでいた。

それはきっと、セイディのことを口うるさい聖女だと認識していたから。

ほかの聖女たちは次期神官長であるジャレッドにこびへつらっている部分が強かったが、セイディだけは違った。間違っていることは間違っていると言ってしまう性格だったためだ。

「その態度に私は特別悲観もしませんでしたし、何とも思いませんでしたよ。実家での扱いに、心が冷え切っていたからでしょうね」

凛とした声で、ジャレッドに語りかける。婚約者に蔑ろにされれば、普通の令嬢ならば心から嘆き悲しむだろう。それは、わかる。

しかし、セイディはそのままの関係を続けた。改善しようとも、彼に近づこうともしなかった。

それが失敗の因だった。

「……今だったら、思います。私とジャレッド様の関係は、歩み寄れば変わったんじゃないかって。どちらかが互いに近づこうとすれば、変わったんじゃないかって」

婚約を破棄されて、一番に心を占めたのは呆れだった。追放されて安堵したところもあった。今だって、安堵の感情も呆れの感情もある。それは、隠しようのない真実だ。

「ですが、何もここまで望んでいませんでした。……なので、どうか元のジャレッド様に戻ってくださいませんか？」

語りかけたところで、彼が確実に元に戻るという保証があるわけではない。もしかしたら、この行動は最終的に無意味に終わるかもしれない。だけど、試したかった。試さないと何も始まらないから。

そういう意味を込めてセイディがジャレッドを見つめ続けて語りかけていれば、彼は「……ぼ、くは」とゆっくりと言葉を発した。それは、セイディが疎んできたジャレッドの話し方そのもので。だから、セイディは確信する。

……彼を元に戻す方法は、語りかけることなのだと。

しかし、ジャレッドが元に戻ったのはほんの一瞬だった。どうやら、まだアーネストの力の方が強いらしい。ジャレッドの魔力はあまり強くない。アーネストの魔力に負けてしまっている可能性がある。……ならば、セイディが出来ることは。

「ミリウス様！　ジャレッド様の剣を、はね飛ばしてください！」

セイディはミリウスにそう告げる。そうすれば、ミリウスは「わかった」と言ってジャレッドの一瞬の隙をつき、ジャレッドの手にあった剣をはね飛ばす。その瞬間、ジャレッドはふらついた。

よろよろと後ろに傾いていく彼に近づいて――セイディは思いきり光の魔力を彼にぶつける。

「――っつ！」

光の魔力は主に治癒に使用されるものだ。こうやって攻撃することに使用するものではない。が、今はこうすることが最善だと思った。それに、彼の動きを止めるにはこれしかないと思っていた。

（……光の魔力には浄化作用もある。これで……！）

セイディはジャレッドに光の魔力をぶつけると、そのまま急いでジャレッドの方に近づいていく。その後、へたり込んでしまった彼のことを見下ろす。冷たいような、温かいような。不思議な視線で。

「セイディ」

後ろから、ミリウスの自分を呼ぶ声が聞こえてくる。だが、それもお構いなしにセイディはジャレッドを見下ろしながら、ただ一言「私も、悪かったと思っております」と告げた。それから、へたり込むジャレッドの視線に合わせるかのように屈む。

「私も、貴方の気持ちに寄り添おうとはしませんでした。……結局、私も自分の幸せばかりを考えていたのでしょうね。それに関しては、認めます」

かみしめるようにそう告げ、セイディは呆然とするジャレッドの金色の目を見つめる。そうすれば、二人の視線がきれいに交錯した。彼の目の奥は揺れている。間違いない。ゆっくりとだが、アーネストの魔法が消えかけている。

「私、貴方が困ればいいな。そう、思いました。……自分が寄り添おうとしなかったことを、棚に上げて」

「……」

「私は、貴方の下には戻りません。ですが、言わせてください。……本当に、ごめんなさい」

静かな声でそう謝罪した後、セイディは「ジャレッド様も、やり直せますよ」と言って彼の頬に手を当てる。

その後、少しだけ笑った。もちろん最後に「なんて、上から目線ですよね」という言葉を付け足すことは忘れない。

セイディの笑みを見たからなのだろうか。ジャレッドの口から「……セイディ」という言葉が出てきた。そして、彼の目から涙がこぼれる。

……多分、魔法がほとんど解けている。それがわかるからこそ、セイディはジャレッドに声をかける。

「貴方は、貴方のままでいいのですよ。気弱で、度胸がなくて、そのくせ傲慢でプライドが高くて、騙されやすい。……私の、嫌いなままの貴方でいてください」

「……なんだ、それは」

その言葉を聞いて、ジャレッドが発したのはそんな言葉だった。

彼はその口元を緩めながら「バカなのか？」とセイディに声をかけてくる。……どうやら、彼は完全に元に戻ったらしい。

「僕が気弱で度胸がないわけ、ないじゃないか。傲慢でもない。プライドだって……人並みだ。そもそも、騙されやすくない！」

「嘘をおっしゃらないでください」

ジャレッドの震える声を聞いて、セイディはそう断言する。ジャレッドの表情は何処か憑き物が落ちたような。そんな清々しい表情だった。そのため、セイディはそんな彼の頭に手を伸ばし――撫でた。

今まで、触れあおうともしなかった。でも、今ならばこうすることが出来ると思ったのだ。

「……セイディ」

「はい」

「久しぶり、だな」

その「久しぶり」は彼の意識が完全に戻ったという証拠のような気がした。だからこそ、セイディは笑って「最悪すぎる再会、でしたね」という。

「僕は、セイディのことを捜していた」

「そうですね、知っています」

「見つけたら、僕はこう言おうと思っていた」

――戻って、来てくれるか？

真剣なまなざしでそう問われ、セイディは露骨にため息をつく。

先ほど戻らないと言ったのに。そう思うからこそ、セイディはきれいな笑みを浮かべる。その表情をジャレッドはどう受け取ったのだろうか。静かに息を呑んでいた。なので、セイディは口を開いて言うのだ。

「絶対のぜーったいに、嫌です」

と。

アーネストの狂気

「そもそも、私、先ほど嫌だって言いましたよね？」

目を瞑ってセイディはジャレッドに追い打ちをかけるようにそう言う。すると、彼は「くっ……」というような悔しげな声を上げていた。どうやら、聞こえていないフリをしていたらしい。

そんなジャレッドを呆れたような目で見つめ、セイディはミリウスに「ジャレッド様は、どうなりますか？」と問いかけてみる。

「……そうだなぁ。詳しいことはまだ不確定だが、とりあえず取り調べを受けてもらうことになる、と思うな」

「そう、ですか」

「まぁ、多分身分はく奪程度の処罰だろう」

あっけらかんとミリウスはそういうものの、ジャレッドの顔は引きつっていた。それを見つめながらも、セイディは「当然の報いだ」と思ってしまう。いくらアーネストに操られていたとはいえ、彼は代表聖女を襲うというかなりの罪を犯したのだ。簡単な処罰で済むはずがない。むしろ、それくらいならば軽い方だ。

「せ、セイディ！　なんとか、言ってくれ！」

ジャレッドはそう懇願してくるものの、セイディはにっこりと笑い「私では、何ともできませんので」というだけにとどめておいた。

実際、そうなのだ。処罰を決めるのは裁判であり、セイディの意見で左右されるわけがない。だからこそ、セイディが何かを言ったところで無駄なのだ。

「……さて、ジャレッド・ヤーノルド。とりあえず、お前のことを連行する。……その後、いろいろと吐いてもらうぞ」

「ぼ、僕は何も知らないっ！」

その言葉は真実なのだろう。が、取り調べを行わないという選択肢はない。

それがわかるからこそ、セイディは視線で「観念してください」と言っておいた。まぁ、ジャレッドは往生際が悪いので、そう簡単にあきらめたりはしないだろうが。未だにセイディに縋るような視線を向けてくるのが、何よりの証拠だ。

しばらくして、アシェルが数名の騎士を連れてやってきた。彼は「セイディ、団長、無事か？」と問いかけてくる。

なので、セイディはゆっくりとうなずいた。……ミリウスが守ってくれたということもあり、自分は傷一つ負っていない。それはアシェルにも分かったらしく、無傷のセイディを見てほっと息を吐いていた。

「じゃあ、とりあえず連行してくれ」

アシェルの指示に合わせ、騎士たちがジャレッドのことを担いで運んでいく。セイディの想像した通りと言うべきか、ジャレッドは「僕は本当に何も知らない！」と叫んでいた。

……たとえそうだとしても、見逃すことなど出来やしない。心の中でジャレッドに手を合わせ、セイディはアシェルとミリウスに向き合った。

「これで、一応ジャレッド・ヤーノルドの件は解決……か」

そうぼやくアシェルの声を聞いてか、ミリウスは「いや、まだまだだ」と言って視線を遠くに向ける。

遠くでは民たちの騒がしい声が聞こえており、やはりこの出来事に戸惑っているようだった。

ジャレッドの襲撃。それにより、民たちは明らかに動揺している。このままだと……不安が王国中に広がるかもしれない。きっと、ミリウスはそれを危惧している。

「それに、あのアーネストという男を何とかしないといけないしな。……あれだけの魔法を操れるんだ。早く何とかしないと、あの男みたいな被害者が出てくるぞ」

ミリウスの言っていることは正しい。それは、セイディにも分かった。

ジャレッドはアーネストに心の弱い部分に付け込まれ、操られた。ならば、彼のように心に弱い部分を持つ人間が、今後も付け込まれる可能性がある。そうならないためには、早くにアーネストを確保する必要があった。

（けど、アーネスト様は皇帝のお気に入りで、相当な実力者。……そう簡単に、確保できるわけがないわ）

ジャックと対等にやりあっていた。それだけで、彼の実力が確かなものだとわかる。アーネストを確保するのは難しい。かといって、放置するのはリスクが高すぎる。全く、面倒な状態だ。

そんなセイディの考えはミリウスやアシェルにも理解できたのだろう。彼らも何となくだが疲れたような表情をしていた。

「……まぁ、あの男のことは後で考えるか。今は、とりあえず『光の収穫祭』を続けることに専念しないとな」

「あぁ、そうだな。セイディ、行くぞ」

「は、はいっ！」

アシェルの言葉にミリウスが反応し、セイディの手首をつかんでそのまま歩き出す。その所為で、セイディはミリウスに引っ張られるような形になってしまった。それを見たためなのか、後ろからアシェルの「団長！」というようなミリウスを咎めるような声が聞こえてきたが、これくらいでミリウスがへこたれるわけがない。彼はさっさと歩きながら、セイディのことを連れ出す。

「……あ、あの、ミリウス、さま……？」

ミリウスの横顔を見上げながらセイディはそう声をかける。そうすれば、ミリウスは「……あそこは、危ない」と静かな声で呟いていた。

それは、一体どういう意味？

一瞬だけそんな疑問を抱いたが、大体のことはわかる。きっと、ミリウスが言いたいのは――。

（あの場所に、アーネスト様かジョシュア様がいらっしゃるということ、よね）

そういうことだろう。

そう思いセイディがミリウスに手を引かれ歩いていると、前から聞きなれた足音と乱暴な足音が聞こえてきた。

先回り、していたのだろうか。はたまた、自分たちの行く場所で待ち伏せしていたのだろうか。

そう思いながら、セイディは目の前を見据えた。

「……お出まし、か」

ミリウスのそんな声がセイディの耳に届いた。

ミリウスの視線の先。そこにいるのは、いつも通りの柔和な表情を崩さないアーネスト。そして、その後ろには何処となく好戦的な笑みを浮かべたジョシュアがいた。

しかし、一番に目を引くのはアーネストのその何かに失望したようにも見える表情だった。記憶を引っ張り出せば、セイディは彼のその表情をたった一度だけ見たことがある。

それは、リリスに失望していた時。あの時と似たような表情に見える。

そう思いながらセイディは「アーネスト様」と彼の名前を呼んでみた。その声には強い意志が宿っていた。

「……ったく、どいつもこいつも本当に役に立たないですね」

セイディの言葉を無視して、アーネストはそのきれいな髪の毛を乱雑に掻きながらそう零す。その声は何処となく狂気を孕んだ、憎悪がこもったような声だった。背筋が震え寒気を与えるような声。その声に、セイディは一瞬だけ怯んでしまいそうになる。

が、その声に怯むまいとアーネストのことを見据えた。彼の目は、揺れていない。ただ憎悪をまといセイディだけを見つめ続ける。

対するジョシュアは肩を回したかと思えば、あくびをしていた。協調性のない対照的な二人。わかるのは彼らが帝国からの刺客であり、実力者ということだけ。

「どいつもこいつも、俺の目的を邪魔する。不快で不快で仕方がない。……最終手段は、俺自身で行くことでしょうか」

一人ぶつぶつと声を上げながら、アーネストはそう呟いた。その後、アーネストが地面を蹴ろうとしたとき。不意に彼の肩を掴み、ジョシュアがこちらに視線を向ける。

「騎士団長の方は俺に任せろ。……楽しそうだしな」

その言葉にアーネストは目を丸くしながらジョシュアを見据えていた。そんな彼を無視し、ジョシュアは地面を蹴ってこちらに飛んでくる。セイディはそれに驚いたものの、慌てて身を翻しジョシュアの攻撃を躱す。そうすれば、彼はセイディに背を向け、ミリウスに向き直っていた。……多分、彼はセイディを殺すつもりなどこれっぽっちもないのだ。ただ、ミリウスと戦いたいのだ。

「よぉ、騎士団長。……どっちが強いか、やってみねぇか?」

彼は凛とした声でそう告げると、何もない空間から剣を取り出す。それを見つめ、ミリウスは「やってやろうじゃねぇか」と答えていた。

その瞬間、剣同士がぶつかるような甲高い音が聞こえ、セイディは一歩二歩と後ずさっていく。……今は、ミリウスの邪魔にはなってはいけない。そう思ったからこそ、周囲を見渡す。アーネストは呆然としながらジョシュアとミリウスのことを見据えていた。が、すぐに現実に戻って来たらしく、彼はセイディに対し「お話、しましょうか」と声をかけてきた。

「……どう、なさいましたか？」

今ならば、セイディを始末する絶好のチャンスだというのに。彼はその場で立ち尽くし、セイディに声をかけてくるだけだ。それにセイディが驚いていれば、彼は「どうせですし、何か聞きたいことはありませんか？」と問いかけてきた。

（……聞きたいこと）

それは、たくさんある。けれど、今一番聞きたいことは。そう思い、セイディは口を開いた。

「どうして、アーネスト様は皇帝に協力されるのですか？　……利用されているだけと、思わないのですか？」

セイディがそう問いかけた瞬間、周囲一帯に強い風が吹く。そちらに視線だけを向ければ、ジョシュアとばっちり視線があった。彼のその真っ赤な目はセイディを一瞬だけ射貫くものの、その目はすぐにミリウスに向けられる。

「……それが、一番気になるんですね」

セイディの言葉に対し、アーネストはそう言うと「いいえ、皇帝陛下は俺を寵愛してくれています」とまっすぐにセイディのことを見つめて答えた。

「それは、紛れもない真実なんです。メリットがあるから繋がっているとしても、あのお方は俺を必要としてくれます。それに……あの子を、守ってくれるんです」

アーネストの言う『あの子』とは、いったい誰のことなのだろうか。そう思ったが、ジョシュアが教えてくれた彼の婚約者のことなのだろう。すぐにそう思いなおし、セイディはぐっと息を呑む。

そもそも、アーネストの婚約者とはいったいどんな人物なのだろうか？　こんな行為を許容するほど、残酷な人なのだろうか？　……もしも、優しい人ならば。こんな行為、望んでいないだろうに。

「……アーネスト様」

「どう、しましたか？」

「貴方の大切な人は、こんなこと望んでいらっしゃるのですか？」

凛とした声でそうセイディが声をかければ、彼はにっこりと目を細めた。しかし、そのきれいな唇が紡いだ言葉は「黙れ」というもの。今までの丁寧な口調ではなく、乱暴な口調で。セイディのことを見据え、にらみつけてくる。

「……何もかもわかったようなフリ、するんじゃねぇよ。……何でも持っているような輩が、俺たちの気持ちをわかるわけがねぇ」

彼はそう言って――セイディに向かって、地面を蹴る。その手元には短剣が光っており、セイディは慌ててそれを躱す。どうやら、彼の地雷を踏んでしまったらしい。

（いえ、違うわ。アーネスト様はきっと、私が何を言ってもこうするつもりだった）

そう思いセイディはアーネストに向き直るが、彼は憎悪を宿した目でセイディのことを見つめてきた。

「お前らみたいなのが、俺は一番嫌いなんだよ！」

一気に乱暴になった口調に、セイディはほんの少しだけ怯む。でも、その怯みは本当に微々たるものだった。

アーネストは完全に冷静さを失っている。つまり、これが彼の丁寧さの裏に隠された本性ということなのだろう。

今までのアーネスト・イザヤ・ホーエンローエという人物は、彼が作り上げた理想の彼自身のような気がした。

「……アーネスト様」

「何もかもわからないくせに、わかったような口ぶりすんじゃねぇ！」

冷静さを失ってしまったアーネストは、セイディに攻撃を仕掛けてくる。慌てて躱していくものの、彼の動きはとても速い。もしかしたら、身体強化の魔法を使っているのかもしれない。それに気が付き、セイディは必死に思考回路を動かす。

どうする、どうする？　どうすれば、この場を乗り切れる？

そう思いながらセイディがアーネストのことを見据えていれば、不意に後ろから「あぁ、何にも分からねぇ」という声が聞こえてきた。その声は、間違いなくミリウスのものだった。

「俺には、お前らの気持ちなんてちーっともわからねぇ。そもそも、わかるつもりもねぇ」

そこでいったん言葉を区切り、ミリウスは冷たい目でアーネストのことを見据えた。……その目が宿す感情は、呆れ。あきらめ。そして――怒り。そんな複雑な感情が交ざり合い、何とも言えない視線を醸し出す。その間にも、ミリウスはジョシュアとやりあってる。……まったく、規格外にもほどがある。

「お前らみたいな自分勝手な輩の気持ちなんて、俺にはわかりたくもねぇ。……アーネストも、ジョシュアも。究極の自分勝手だよな。……人の上に立つ者として、失格だ」

淡々と告げられるミリウスのその言葉には、何とも言い表せない迫力があった。そのため、セイディはアーネストの様子を窺う。彼の目は、明らかに揺れていた。

(アーネスト様やジョシュア様にとって、きっと自分たち以外は必要ないのよね)

それは確かに究極の自分勝手であり、自己本位なのだろう。が、きっとそうなったのには訳があるのだ。アーネストは言っていた。「何でもかんでも持っている輩」と。彼は、何か明確な原因があって歪んだ。セイディの直感は、そう告げていた。

「……うるさい」

視線を地面に向け、アーネストはそう言う。その後、彼はただ「うるさい！」と叫び出す。その姿はまるで癇癪を起こした子供のようにしか見えない。

ある意味、哀れだった。

「何が王弟だ。何が聖女だ。そんな奴ら、全部ぶっ壊す。……俺は、俺たちは——」

——自分たちの大切な存在以外、どうでもいいんだよ！

そう叫んだアーネストは今まで以上に憎悪のこもった目でセイディとミリウスを見据える。

そして、彼は——その場でまた地面を蹴り、セイディの方に飛んできた。

狂気と慈愛

「っつ！」

その攻撃をセイディがかろうじてよける。

「くそっ！」

ミリウスのそんな声が、セイディの耳にも届いた。どうやら彼としても二対一では不利らしい。特に、片方はジョシュアなのだ。とんでもない実力者。さすがのミリウスでも、二人同時に相手をすることは無理なのだろう。

（なんとか、しなくちゃ……！）

そう思い、セイディは光の魔力を使う準備をしようとする。が、ミリウスは「やめろ！」とセイディに言葉を投げつけてきた。

「お前は、逃げろ！」

「で、ですが……」

「アシェルの元に……いや、この先にリオがいる場所がある。そこまで行け！」

強くそう命令され、セイディは一目散に駆けだした。聖女の衣装の裾を掴み、そのまま全力でダッシュする。

後ろではミリウスが何とかアーネストとジョシュアを食い止めているらしく、内心でそれに感謝しながらもセイディは走った。

（アーネスト様、正気じゃなかった）

そう思いながら、セイディは走る。

多分、アーネストは身体強化の魔法をかけている。そうなれば、ミリウスでも敵うかどうかわからない。

身体強化の魔法は、あまり褒められたものではないという。リミットを超えてしまえば、自身の身体に多大なるダメージが加わってしまうと。そのため、扱いは慎重にする必要があったはずだ。少なくとも、冷静でない者が使っていいわけがない。

（……わた、し）

何も、役に立っていない。

そう思って、下唇を噛んでしまう。

役に立ちたい。そう思っても、戦闘になれば聖女の出る幕はない。大人しく邪魔にならないように縮こまっているしかないのだ。それは、わかる。けれど……悔しい。

（強くなれたら、私にも、戦えるくらいの力が欲しい）

そんなもの、ないものねだりだとわかっている。が、そう思ってしまう気持ちを止められなかった。

セイディの通っている道は、人気のない道だった。だから、民たちに怪しまれる心配はない。かといって、安全とは言い難い。もしも、ここでアーネストがミリウスを振り切ってきてしまったら……きっと、自らは助からない。

（人気のある通りに行くのが、安全なのよね。だけど、そんなことできないわ）

そんなことを考えたからこそ、セイディは人気のない道を走り続けることを選んだ。リオが待ってくれているという場所は、全力で駆ければ十分もかからずにたどり着く場所のはずだ。

幸いにも、今のセイディの頭の中には騎士たちがいる場所がある程度入っている。努力してよかった。心の底から、そう思っていた。

（ミリウス様。どうか、ご無事で）

あのアーネストの様子。ジョシュアという実力者。彼らがいる以上、無傷ということは無理だろう。それがわかってしまうからこそ、悔しさが増すのだ。……自分も、戦えるようになりたい。その気持ちが、胸の中でくすぶり続ける。

本当に、役に立たない自分自身が嫌いだった。

「……ミリウス、さ、ま」

ゆっくりとミリウスの名前を呼び、セイディは立ち止まる。この衣装で走るのはやはりというか、無謀だったらしい。身体が、重苦しい。ここで体力を使い果たすわけにはいかないのに。そう思いながら息を切らせていれば、誰かの足音が聞こえてきた。

（……誰？）

この足音はジョシュアやアーネストのものではないような気がした。

何処となく優雅であり、気品のある歩き方。一定の間隔とスピード。それはまるで、狂いなど許さないとでも言いたげなリズムだった。聞いていて、心地が良いような。

いや、今ここでのんきに休憩している場合ではない。そう思いなおし、セイディがもう一度駆けだそうとしたときだった。

「——代表聖女、さま」

後ろから、誰かに手首をつかまれた。それに驚いてそちらに視線を向ければ、そこには——アーネストやアシェルと同格なほどに美しい男性が一人、立っていた。彼のその白銀の髪が風になびき、太陽の光できらきらと輝く。……声は、男性にしては高めの声。

「ふふっ、警戒されていますか。……まぁ、当然ですよね。だって、僕は不審者ですから」

その男性はくすくすと声を上げ、笑いながらそう言う。その目は細められており、その色はよく分からない。が、声に敵意は感じられなかった。

(……何、この人)

美しく、儚い。

アーネストが狂気に満ちた男性だとするのならば、この男性は慈愛に満ちた男性に感じられた。そのためなのだろうか。セイディの心が落ち着いていく。だが、ハッと正気に戻り男性の手を振り払う。

「……あな、たは」

「僕の名前はクリストバルと言います。……今は、それだけで十分でしょう」

男性——クリストバルはそれだけを言うと、セイディの方に手を伸ばしてくる。そして、彼はセイディに治癒魔法をかけた。

その瞬間、セイディの身体に先ほどまで尽きかけていた体力が戻ってくる。

（……何、これ）

光の魔力は量も重要だが、使いこなせるかも重要である。セイディは浅く広くを学んでいたため、他者の体力を瞬時に回復させるということは無理だった。

「さぁ、行ったらいいですよ。……代表聖女様」

「あ、あの……」

「僕は、あの人を食い止めておいてあげますから」

クリストバルがそう言うと、誰かの足音が聞こえてきた。……その足音は、間違いない。アーネストだ。

「……あぁ、礼とかは気にしないでください。またいずれ、会えるでしょうから」

「どういう意味、ですか？」

「そのままの意味です。こっちの問題ですしね。さぁ、行きなさい。――の血を引いた者」

最後の方の言葉は、よく聞こえなかった。だが、今ここで立ち止まっている場合ではない。そう思いなおし、セイディはぺこりと一旦頭を下げ、一目散に駆けだした。後ろではクリストバルの心地よい笑い声が聞こえてくる。

☆★☆

「さて、戦いましょうか。アーネスト・イザヤ・ホーエンローエ」

「……面倒ですね」

――クリストバル・ルカ・ヴェリテ公爵。

導き

（ミリウス様、大丈夫、かしら……？）

走っている最中。セイディはそう思ってしまった。しかし、今は人の心配をしている場合ではないと思いなおし、セイディは走った。

聖女の衣装は走ることを考慮して作られていない。だからこそ、走るのは大層難しい。それでも、ミリウスのためにも逃げなくては。……そうだ、そうに、決まっている。

（それにしても、先ほどのクリストバル様、は……）

それと同時に、頭の中に思い浮かぶのは先ほどセイディのことを助けてくれたクリストバルという男性のことだった。

ふわりとした美しい白銀色の髪を持つ彼は、セイディのことを知っているようだった。自分は、彼のことをこれっぽっちも知らないのに。あれだけ美しい人ならば一度見れば覚えているだろうに。

（ううん、無駄なことを考えていてもダメよ。……今は、自分のことを考えなくちゃ）

腕時計を見ればまだ時間はある。リオの元に駆けつけ、神殿巡りを再開しても問題ないはずだ。そう思っていれば、目の前から見知った顔の人物が走ってくる。……ほかでもないリオだ。

「セイディ！」

「リオ、さん？」

どうして、彼がこちらに向かってきてくれているのだろうか。そんなことを思いセイディが目を丸くしていれば、彼はセイディの元に駆け寄ってきてくれた。その後「大丈夫？」と問いかけてくれる。

「だ、だいじょう、ぶ、です……」

「全然そうは見えないわ」

確かに今のセイディは息を切らしているということもあり、全く大丈夫そうには見えないだろう。が、セイディは顔を勢いよく上げ、「み、ミリウス様が！」とリオに叫ぶ。その声を聞いたためだろうか。リオは「大丈夫。まずは貴女が落ち着きなさい」と言いながら首を横に振る。そして、セイディの背を撫でてくれた。

「団長がそう簡単にくたばるわけがないわ。……とにかく、団長から連絡を受けて私はこっちの方に駆けつけてきたのよ」

「……ミリウス様、が」

「えぇ」

リオはセイディと目線を合わせ「続けられる？」と優しく問いかけてくれた。

続けられるというのは、自分に課せられた役目のことだろう。それは、セイディにもすぐに分かった。

（そもそも、続けられるとか続けられないとか、そういうことじゃないのよ）

そうだ。続けられるとか、続けられないとか。そういうことじゃない。続けるしかないのだ。だって、それがセイディにできる精一杯のことだから。自分が出来る唯一の帝国に抗う術なのだから。

「できます。……なので、護衛の方、お願いできませんか？」

ミリウスの元に戻るのはリスクが高すぎる。そういう意味を込めてリオにそう言えば、彼は「わかったわ、元々そのつもりよ」と言葉をくれた。……どうやら、セイディとリオは似たような考えをしているらしい。いや、この場合は違うのか。リオがセイディの思考回路をわかって合わせてくれている。それに尽きる。

「とりあえず、近くまで背負って行ってあげるわ。……乗りなさい」

「……い、いえ、その……」

「いいから、疲れたのでしょう？」

疲れていることに間違いはないし、リオのその提案がとてもありがたいことだということもわかる。しかし、ちょっと反応に困ってしまう。抱っこではなく背負うという面ではまだマシかもしれないが。

そう思いながらセイディはじっと考え込むフリをして……「お、おねがい、します」と声を発した。結局、疲れには勝てなかった。

リオに背負ってもらえば、リオは軽々しくセイディのことを運んでくれる。

自分は、重くないだろうか？

間違いなく、重いだろう。

聖女の衣装もかなりの重量があるし、セイディ自身も平均的な体重はある。リオの負担になっていないと、いいのだが。

「あ、あの、重くない、ですか……？」

「全然大丈夫よ～」

背負われているセイディからでは、リオの表情は見えない。けれど、聞こえてくる声音からリオの言葉は真実なのだとわかった。……ありがたい。そう思いながら、セイディはようやくゆっくりと考えることが出来た。

(アーネスト様は正常じゃない。……あの状態だったら、いずれは壊れてしまうわ)

アーネストのことは易々許せそうにはない。ただ、一つだけ思うことがあるのだ。

アーネストにも、彼にも、彼のことを大切に思う人たちがいるのだろうと。だから、アーネストが死ぬことまでは望んでいない。少なくとも、反省してほしいと思っているくらいなのだ。あと、王国から手を引いてほしい、切実に。そう思っているくらいだ。

(それに、あのクリストバル様のことがやっぱり気になってしまうわ……)

慈愛に満ちた男性だった。それに、彼に注がれた光の魔力は凄まじいものだった。身体の傷が癒え、体力が回復していくような。そんな、力。

しかし、そこで一つの疑問が脳裏に浮かぶ。……光の魔力は普通ならば男性が使うことは出来ない代物なのだ。女性しか使えない力のはずなのだ。

（……クリストバル様は、間違いなく男性。じゃあ、どうして光の魔力が使えたの？）

こういう時に自分の無知が恨めしい。そう思いながらセイディが下唇をかみしめていれば、リオが「どうしたの？」とセイディに声をかけてくれた。そのため、セイディはゆっくりと口を開いた。

もしかしたら、リオならば何かを知っているかもしれない。そんな期待を仄かに抱いて。

「えぇっと、私、不思議な男性に助けられまして……」

だから、セイディは先ほどの出来事を事細かにリオに説明した。

光の魔力を持つ男性がいたということ。彼はセイディのことを助けてくれたということ。そして「クリストバル」と名乗ったということ。そこまでを説明すれば、彼は「ふぅん」と相槌を打ってくるが、すぐに「……わからないわね」とボソッと言葉を零していた。

（やっぱり、リオさんにも分かるわけがないわよね）

こんな不可解極まりないことの理由を、リオが知るわけがない。心の中でそう思いながらセイディが落胆していれば、リオはふと足を止める。そのまま視線を上に向け、空を見上げた。

「……でも、一つだけ言えることがあるわ」

リオのその言葉は、とても静かでとても気品のある声だった。いつもとは違うその雰囲気に、セイディは息を呑む。そうしていれば、リオは「その人は多分、クリストバル・ルカ・ヴェリテという人物よ」と続けた。

「……え？　でも、先ほどわからないって」

「そうね。だけど、その人物の正体はわかるわ。ヴェリテ公国のトップの人間……つまり、公爵。彼ならば、光の魔力を使いこなすことも容易いわ」

その後、ゆっくりとリオはまた歩を進めた。

クリストバル・ルカ・ヴェリテ。ヴェリテ公国のトップの人間で、身分は公爵。セイディの脳内でそんな言葉が反復し、いろいろと考えてしまう。

ヴェリテ公国。そこはリア王国に並ぶ聖女国家であり、万年寒い北国である。ただし、リア王国とは違い聖女の力は著しく強い。リア王国の聖女が質よりも量なのに比べ、ヴェリテ公国は量よりも質なのだ。

ヴェリテ公国はあまり大きな国ではないにもかかわらず、周辺国から一目置かれている。それも、帝国からも一目置かれているレベルなのだ。

そんなことを考えていると、不意にリオの言った「わからない」の意味がセイディにも分かってしまう。

（リオさんは多分、クリストバル様が私を助けた意味が分からないとおっしゃったのだわ）

多分、そういう意味なのだろう。確かに、それならば意味が通る。

実際、あの人物がクリストバル・ルカ・ヴェリテだったとして、彼にセイディを助けるメリットがないのだ。あの場でセイディが野垂れ死んだところで、デメリットさえない。公国であるにもかかわらず世界でも有数の発言権を持っているヴェリテ公国がリア王国に頼る意味もない。

そんな風にセイディが様々なことを考えていれば、リオが足を止め「ここでいい？」と問いかけてきた。耳をすませば、確かに人々の騒がしい声が聞こえてくる。これ以上背負われて歩くのはリスクが高い。それはセイディにも分かったため、「わかりました」と言ってゆっくりと地面に足をつけた。

「……あのね、セイディ」

「どう、なさいましたか？」

「導きって、信じる？」

突然の問いかけだった。その所為でセイディは驚き目を見開く。そんなセイディを気にすることなく、リオは「……神様の、導き」と言葉を続けた。

「こんなことを言ったら笑われるかもしれないわ。けど、私には導きにしか思えないのよ」

一歩を踏み出して、リオはそう言う。そのままゆっくりとセイディの方に視線を向け、彼は口元を緩めた。その際にふわりとした風が周囲に吹き、リオの髪を揺らす。その姿は、幻想的なほどに美しかった。

「クリストバル様がセイディのことを助けてくれたのは、きっと導きなのよ」

澄んだような声でそう言われる。その所為で、セイディは何も言えなかった。

導きなんて言われたところで、困ってしまうのだ。セイディは神様をまぁまぁ信じている。けれど、神頼みなんてほとんどしない主義だ。現実主義者といえばいいのだろうか。まぁ、ともかく。そういう性格だった。

(導き。それは、もしかして……)

いや、その可能性は明らかに低いだろうな。心の中で自分にそう言い聞かせて、セイディは首を横に振る。

自分が考えていたあの可能性は、きっとない。だから考えるだけ無駄だ。そう思い、セイディはゆっくりと「リオさん」と彼の名前を呼んだ。

「どうしたの?」

「……私、きちんとやりますから。聖女の仕事も――メイドの仕事も」

「そう」

一体いつまでメイドを続けられるかはわからない。それでも、与えられた仕事は全うするしかない。それはセイディだってわかっているし、それが間違ったことではないということもわかる。

「……じゃあ、行きましょうか。団長のことは心配だけれど、今はそれよりもやることがあるわ」

「わかっています」

一度だけ俯き、肺いっぱいに空気を吸う。まっすぐに空を見上げ、息を吐く。

落ち着け、落ち着け。まだ、焦るような時間じゃない。

(そうよ。ジャレッド様に関してだって何とかなったじゃない。……私は、そう簡単に負けたりしないのよ)

一歩を踏み出し、セイディは自分にそう言い聞かせた。

負けない。アーネストにも、ジョシュアにも。そして――まだ見ぬマギニス帝国の皇帝にも。

そもそも、易々と負けるのは嫌いだ。あきらめるのはもっと嫌いだ。

「行きましょう、リオさん」

「わかっているわよ」

まだまだやるべきことはたくさんある。今日だって、終わっていないのだ。

(導きだろうが何だろうが、クリストバル様は私のことを助けてくださったわ。……その恩に、いつか報いたい)

そのためには生きるしかないのだ。

心の中でそう唱え、セイディは一歩一歩、踏みしめるように足を前に踏み出した。

元婚約者に会いに行きます

(はぁ、無事とは言い難いけれど、何とか終わってよかったわ……)

その日の夜。太陽がすっかりと沈んだ頃。

セイディは王宮で与えられている部屋に戻ってきていた。

あの後、リオに護衛を務めてもらい無事神殿巡りを終えることが出来た。もちろん、いろいろと大変なことはあったし、誤魔化すのも大変だった。しかし、今の自分にできることだけはそれだけだと思い、セイディは必死に役目を遂行した。その選択に後悔はないが、いろいろと思ってしまうことはある。

「……ジャレッド様も、どうなさっているのかしらねぇ。ミリウス様も、無事だといいのだけれど……」

思うことの筆頭。それは、ミリウスの心配。それからジャレッドのことだった。

ジャレッドは王宮で取り調べを受けているというし、ミリウスに関してはあの後連絡がないという。ミリウスのことだから心配をする必要もないと思ってはいるが、やはり心配する気持ちが消えない。

それは、どうして？

この数ヶ月、関わってきたから情が移ってしまっているのだろうか？

なんて、ミリウスだってセイディに心配されることは望んじゃいないだろう。彼が望むのは、この王国の無事なのだから。

そんなことを考えていると、不意に部屋の扉がノックされる。それにハッとしセイディが返事をすれば、扉がゆっくりと開いた。そして、そこから顔を見せたのはジャックだった。

彼は辺りをきょろきょろと見渡した後「いいか？」と声をかけてくる。だからこそ、セイディは「どうぞ」と言って用意された応接ソファーに近づいていく。

「どう、なさいましたか？」

それにしても、ジャックが訪ねてくるなんて珍しいな。しかも、こんな夜に。ジャックのことだから無駄話をしに来たわけではないのだろう。そう思いセイディは真剣な表情を作る。

するると、ジャックは応接ソファーに腰掛けると「お前の、元婚約者のことだが」と言い言葉を切った。どうやら、彼はジャレッドの話をしに来たらしい。

「ジャレッド様が、どうなさったのですか？」

「……お前に、会いたいと言っている」

セイディの問いかけに、ジャックはため息をつきながらそんな言葉をくれた。……ジャレッドが、セイディに会いたいと言っている。

それは一体何の目的からなのだろうか？

情状酌量を求めるのだろうか？

それとも、自分は無罪だと喚くのだろうか？

はたまた、セイディの所為だと喚くのだろうか？

理由はいくつか思い浮かぶが、すべてろくでもない理由だった。ジャレッドにはそこまで信頼も信用もないのだ。

（けど、私もジャレッド様に尋ねたいことがあるのよね……）

主に、アーネストのことで。

心の中でそう思うからこそ、「会いたくないです」とその言葉を蹴り飛ばすこともできない。それに、わざわざジャックがセイディの意思を尋ねに来たということは、そういうことなのだろう。

彼もジャレッドから何らかの情報を引き出したい。そして、その役目にセイディを選んだ。理由はきっと、ジャレッドがセイディの元婚約者だから。もしくは、旧知の仲だからだろうか。どちらにせよ、ろくな関係じゃない。

「……もちろん、無理にとは言わない。なんだかんだ言っても、俺はお前に辛い思いをしてほしくないしな」

が、次にジャックの口から出た言葉はあまりにも意外な言葉だった。その所為でセイディは目を丸くしてしまう。

どうして、ジャックがそんなことを言うのだろうか？

そこそこ仲良くなったとは思っていたが、そこまで思われるような理由がこれっぽっちも思い当たらない。

「え、えぇっと……」

そのため、セイディは戸惑うことしかできなかった。そんなセイディを一瞥し、彼は「変な意味じゃないからな！」と慌てふためく。……どうして、彼はこうも変なことを口走るのだろうか。そこまで必死に否定されたら、逆の意味を想像してしまうじゃないか。心の中でそんなことを考えながら、セイディは「承知しております」と言って目を瞑る。

「ジャック様が変な理由でそうおっしゃっているわけではないということくらい、私にもわかっております。……だって、ジャック様ですから」

「……どういう意味だ」

「そのままの意味ですよ」

ジャックは堅物だし、器用なことは出来ない。言葉だっていつもストレートだし、仕事方面からずれれば上手く生きられないタイプだとセイディだって知っている。だから、変な意味で言っているわけではないことくらいセイディにも分かっているのだ。

「ジャック様、不器用ですから」

「……悪かったな、不器用で」

「いいえ、私はそういう人の方が好きですよ。……裏表がないって、素敵じゃないですか」

少しだけ口元を緩めてそう言えば、何故かジャックが硬直してるのがわかった。

自分は何か、変なことを口走ってしまっただろうか？

そう思い首をかしげてしまえば、彼は「……そうか」と何でもない風を装って言葉をくれた。だが、セイディにはわかった。彼が、ほんの少し照れていることに。

彼はこういう風に女性に褒められることが慣れていないのだろう。ジャックだって公爵家の令息。女性の言っている言葉が本音なのか建前なのかくらい容易に見抜けるはずだから。

「それで、どうする？」

もう一度問いかけられ、セイディは考えた。だが、回答はもう決まっている。そう思い、口元をふっと緩めた。

セイディだって、役に立ちたいのだ。お荷物のままじゃ、終われない。そう思う気持ちがあったからこそ、唇は自然とその言葉を紡ぎ出していた。

「私、ジャレッド様に会います」

もしも、ジャレッド様と会話をすることでアーネストやジョシュアにつながる手掛かりが見つかるのならば、それ以上にいいことはないはずだ。それに、もしかしたら彼はセイディの実父や継母の行っていることを知っているかもしれない。だからこそ、セイディは自分にできることをするだけだ。その意思をジャックは理解してくれたらしく、彼は「じゃあ、行くか」と言って立ち上がる。どうやら、今から会いに行くらしい。

まぁ、それは当然と言えば当然だろう。明日は『光の収穫祭』の最終日。アーネストやジョシュアが何か行動を起こす可能性は明らかに高い。ならば、今のうちに少しでも情報収集をしておくべきだ。それはセイディにも分かる。

ゆっくりと部屋を出て、王宮の廊下を歩く。王宮の使用人たちはもうすでに終業時間を迎えたのか、廊下は閑散としていた。そんな空間をジャックと二人きりで歩く。二人分の足音が廊下に響き渡る中、ジャックは何も言わない。それでも、この空間を心地悪いとは思わなかった。元々、ジャックはこういう性格なのだ。それがわかっているからかもしれない。

すたすたと歩きながら、セイディは隣を歩くジャックの横顔を見上げる。相変わらず、美形だな。そう思う気持ちもあるが、今はそれよりもジャレッドのことだと思い心を引き締める。元婚約者と対面するなど、普通ならば嫌がって当然のシチュエーションだろう。そんなことを思うと、何となく苦笑もこみあげてきてしまった。

そして、そのまましばらく王宮の廊下を歩いた時だった。不意に、前から誰かの足音が聞こえてきた。……この足音、聞き覚えがある。そう思いセイディがハッと顔を上げれば、前から歩いてきたのは——何処となく疲れたような様子のミリウスだった。

セイディはミリウスの方に駆けていく。そうすれば、彼は「セイディか」と疲れ切ったような声で名前を呼んでくれた。

「ミリウス様、ご無事だったのですね……！」

「あぁ、俺、これでも丈夫だし」

ふわぁ。

そんな大きなあくびをしながら、ミリウスはセイディのことを見下ろしてくる。その態度はいつも通りののんきなものだ。そのため、セイディの緊張が解けほっと息を吐く。

セイディのその態度を見てか、ミリウスは「心配、かけたな」と小さな声で言ってくれた。

「それにしても、セイディはジャックと一緒か」

それから、ミリウスはセイディの後ろにいたジャックに視線を向け、けらけらと笑いながら「お前も、セイディに懐いたな」とからかうような声音で言ってくる。対するジャックは「……そんなわけが、ないだろ」と消え入りそうなほど小さな声で言葉を返していた。

「ところで、殿下。いろいろと大丈夫でしたか？」

「……まぁな。ただ、アーネストの奴もジョシュアの奴も消えやがった」

ジャックの言葉にミリウスは少し悔しそうに唇をかみ、そう告げてくる。二人のことを捕えられなかった。その単語にジャックが少しがっかりとしたのがわかったが、セイディにとってはそれよりもミリウスが無事だったことの方が大切だった。

そういうこともあり、セイディは思わず「それよりも、ミリウス様がご無事で、よかったです」

と零してしまう。

「まぁ、俺はそう簡単には死なないからな。……ただ、アーネストの奴に関しての方が心配だな」

「……殿下？」

「あいつ、身体強化の魔法をバカみたいにかけやがって。……あれ、後からかなりの代償が来るぞ」

ミリウスの真剣なまなざしに、ジャックが息を呑んだのがわかった。

セイディもミリウスと同じ心配をしてしまっていた。あのままだとアーネストはろくなことにならない。けれど、セイディは善人ではない。アーネストのことを助けたいとまでは、思えなかった。助けようと思えば助けられる。でも、どうしてもそう思えないのだ。リリスへの仕打ちや、王国へしたことが頭の中によぎってしまうから。

「……アーネスト様」

だけど、許せないことと破滅を願うことはイコールでは繋がらない。もしも彼が助かって罪を償うのならば、それはそれで応援するつもり……なのかもしれない。

自分の気持ちがこれっぽっちもわからない。そう思い、セイディは目を伏せる。

「ま、なるようになるだろ。俺はとりあえず、着替えてくるからな。……じゃあな、セイディ、ジャック」

そんなセイディを他所に、ミリウスは颯爽と場を立ち去ってしまう。ミリウスの後ろ姿を見つめるセイディに対し、ジャックは「行くぞ、時間がない」とセイディに声をかけてきた。

動かなくちゃ。だって、時間がないのだから。わかっている、わかっているのに……足が、上手く動いてくれない。

「おい」

「あっ、はい」

ただ、ジャックに迷惑をかけることだけは嫌だった。だから、セイディは重い足を前に動かし、ゆっくりと歩を進めた。

今は、アーネストのことよりもジャレッドのことだ。心の中で自分にそう言い聞かせる。

セイディがジャックに案内され連れてこられたのは、王宮の一室だった。その部屋は質素という言葉が似合い、王宮には似つかわしくない部屋だった。興味深そうに辺りをきょろきょろと見渡してしまうセイディに対し、ジャックは「今回に関しては、いろいろと特別だ」と言いながらため息をつく。

「普段は地下牢に入れるんだがな。今回に限っては、取り調べに時間をかけることになった。だから、消耗を減らすためにこっちに入ってもらっている」

ジャックは淡々とそう告げ、セイディを手招きする。なので、セイディはゆっくりと足を進めた。

そして、部屋の奥の奥。そこに、ジャレッドはいた。彼は何処かやつれたような表情を浮かべていたものの、セイディのことを見つけると「セイディ！」と言って駆け寄ってくる。が、すぐにジャックに阻まれていた。それをありがたいと思いながら、セイディは表情を消す。

（こういうとき、どういう表情をすればいいのかしら？）

表情が消えたのはこう思ってしまったためだ。

対するジャレッドはセイディの表情が無くなったことに気が付いてか、少し気まずそうに視線を逸らす。きっと、自分のことを助けてくれるわけではないと悟ったのだ。

……いつもは鈍いのに、こういう時は鋭いのだな。

いや、違う。多分だが父にこってりと絞られ、ほんの少しだけ相手の様子を窺うことを覚えたのだろう。セイディはそう判断した。

「とりあえず、座れ。こいつに触れたら、ただじゃ済まないからな」

ほんの少しだけすごみながら、ジャックはジャレッドにそう告げる。そんなジャックに怯んでか、彼は恐る恐るといった風に指定された椅子に腰を下ろした。それから、ジャックはセイディにも椅子に腰かけるようにと指示を出す。

「一応こっちには結界魔法がかかっているから、あいつがお前に手を出すことは出来ない。……その点は、安心していいぞ」

「……ありがとう、ございます」

一体いつの間にそんなことをしたのかと思ったが、今はそれどころではないのだ。それに、犯罪者と対面するのに無防備という方が問題がある。自分自身にそう言い聞かせ、セイディはジャレッドの顔を見つめる。

(……なんていうか、何の感情も湧き出てこないわね)

何故だろうか。今になったら、もう何も言うことがない。何も伝えることがない。だから、どう話を切り出せばいいのか。そんなことをセイディは思ってしまうが、考えていても埒など明かない。

ここは、直球に言うしかないのだ。

「お久しぶりです、ジャレッド様。こういう風に対面するのは、いつぶりでしょうか？」

でも、とりあえず世間話からいった方がいいかもしれない。そう思い、セイディは表情が引きつるのを実感しながらそう声をかける。ジャレッドは「……そうだな」と何処となく弱々しい声音で返事をくれた。

「……お前が代表聖女になるなど、予想もしていなかった」

「私も、です」

会話が、終わった。

全くと言っていいほど、会話が弾まない。もちろん、これはお見合いなどではなく取り調べの一環なので、会話を弾ませる必要はこれっぽっちもない。だが、気まずいのだ。とにかく、気まずくて気まずくて仕方がなかった。

そう思いジャックに視線だけで助けを求めれば、そんなセイディを見て声を発したのは何故かジャレッドの方だった。

「……魔法騎士団の団長、だったか」

ジャレッドはジャックのことを見つめてそう言う。だからだろう、ジャックは「……そうだな」と言って腕を組む。彼は何処となく不機嫌そうであり、大層迫力がある。もしかしたら、ジャレッドに声をかけられたのが不満だったのかもしれない。もしくは、その馴れ馴れしい態度。

「……ジャック・メルヴィルだ」

が、ジャックも大人なのだ。ゆっくりと怒りを隠した声音でそう名乗る。もちろん、名乗る必要などなかった。なんといっても、相手は犯罪者なのだから。名乗ったのは多分彼が生真面目な性格だからだ。

「……ジャック、か」

ジャレッドはそう言葉を零す。一体、彼は何故ジャックに興味を持ったのだろうか？　そう思い首をかしげてしまうセイディに対し、ジャレッドは「……セイディの、新しい恋人か？」というとんでもない爆弾を落としてきた。

「……はい？」

彼は、一体何を言っているのだろうか。そう思ったからなのか、セイディは自らの頬が引きつるのを実感した。……本当に、自分がジャックの恋人など図々しくてありえない。そもそも、身分が釣り合っていないじゃないか。

「だって、親しそうじゃないか」

いやいやいや、全く親しくありませんけれど？

脳内でそう繰り返し混乱するセイディを他所に、ジャックは慌てて立ち上がり「そんなわけあるか！」と言ってジャレッドのことをにらみつける。

その態度はある程度予想できたとは言え、いくら何でもそこまで否定しなくてもいいじゃないかと思う気持ちがセイディの中に芽生える。まぁ、予想していたのでこれっぽっちも傷ついてはいないのだが。そこまで柔らかくて繊細な心を、生憎セイディは持ち合わせていない。

「ジャレッド様。一体どこをどう見てそんなことが言えるのですか」

一人慌てふためくジャックを一瞥し、セイディは淡々とそう言葉を返してみる。すると、彼は「……だって」とほんの少しだけいじけたような表情をする。全く、可愛くない。しかし、何となく意外な表情だ。そう思ってセイディが軽く驚いていれば、彼は口を開く。

「僕といた時よりも、ずっと楽しそうな表情をする」

「……」

「あの後、ずっと一人で考えていたんだ。僕はセイディに近づこうとしていなかった」

「……それ、は」

それは何度も言うがセイディも理解していたことだった。二人が二人とも歩み寄ろうとはせず、互いを疎み見放していた。だからこそ、こんな結末になってしまっている。つまり、どちらにも非があったのだ。

「僕は甘い言葉だけをくれるレイラの方に流された。……今ならば、わかるんだ。セイディは僕のためにいろいろと小言を言ってくれていたんだと」

ジャレッドは目を伏せてそんな言葉を告げてくる。

ようやく、わかってくれたのか。

そう思う気持ちはあるが、どうしても今更遅いとも思ってしまう。どう足掻いても過去には戻れないし、どう足掻いても元の関係に戻れることはない。もう、自分たちの関係は終わってしまったのだ。婚約破棄という四文字によって。

「……レイラは、どうしていますか？」

その後、セイディが絞り出した言葉はそんな言葉だった。

レイラのことは元々気になっていたのだ。そのためそう問いかけたのだが、ジャレッドは首を横に振り「わからない」と言う。ジャレッドはレイラに心酔しているように見えた。だが、今ではそんな様子はない。目が覚めたのかもしれない。それか、気持ちが冷めたのだろう。

そう思い、セイディは「そうですか」とだけ言葉を返した。

（レイラの様子を、知ることが出来ればよかったのだけれど）

ミリウスから教えてもらった帝国への内通者の話。それに通じる手掛かりがあったらよかったのに。心の中でそう思い落胆するセイディの隣で、もう一度ジャックが椅子に腰を下ろしたのがわかった。

「……あと、もう一度だけ言っておきますが、私はジャック様の恋人ではありませんから」

そして、セイディはもう一度はっきりとそう言っておく。自分は結婚するつもりなどこれっぽっちもない。そういう意味を込めてジャレッドを睨みつければ、彼は「……そうか」と静かに言葉を返してきた。

「僕と一緒にいた時よりも、楽しそうだなって思ったんだが」

「それはそうですね。認めます。ジャレッド様よりもジャック様の方が面白いですし」

「おい」

セイディの言葉に、ジャックも反応する。そんな彼を他所に、セイディは「いろいろと、お尋ねしたいのですが」と話を本題に移すことにした。一応、ジャレッドはセイディが自分を助けるつもりはないということを理解してくれているらしい。何処となく疲れたような表情でセイディのことを見据えてくる。

「……アーネスト様のこと、なのですが」

ゆっくりとかみしめるようにその名前を呼べば、ジャレッドは「……あの帝国の魔法騎士、だな」とボソッと言葉を零す。そのため、セイディは「そのアーネスト様です」とはっきりと返事をした。

「アーネスト様、何か目的があるとかおっしゃっていませんでしたか？　それか、何かおかしなことは……」

「……いや、特には」

ジャレッドが返してきた言葉は当然というか期待外れの言葉だった。

そもそも、アーネストのような人物が易々と自らの情報を漏らすとは考えにくい。きっと、最低限のことだけをジャレッドに教えていたのだろう。

「あの男は……そうだな。魔法石を使って、僕のことを操っていた……らしい。あと、アフターフォローはしないとか、なんとか、言っていたような……」

「アフターフォロー、ですか？」

「僕が破滅するのも成功するのも、運次第だと言っていたような気がする」

ジャレッドは少し考え込んだ後、そんなことを教えてくれた。その言葉は、なかなかにあのアーネストらしい言葉ではないだろうか。

「あと、この国には諜報活動に来ていると言っていたような気がする」

「それは、知っております」

「……それから……あぁ、『あの方が動きやすいように』とかも言っていたような気がする」

そのジャレッドの言葉を聞いて、セイディは思考回路を動かした。

アーネストの言う『あの方』とは大方フレディのことだろう。もしくは、リリス。……あと可能性があるとすれば、ジョシュアだろうか。だが、ジョシュアの場合は『あの方』という呼び方はしないはずだ。やはり、一番に思い浮かぶのはフレディとリリス。

「……そうですか」

「あの男は僕を使ってこの王国を混乱の渦に陥れようとしていたみたいだ。……まぁ、失敗したんだけれどな」

ははは。そんな乾いた笑いを零すジャレッドは、何処となく寂しそうだった。でも、特別な同情などは湧いてこない。だから、セイディは「そうですか」ともう一度相槌を打つだけにとどめておいた。

「……今後、どうされるのですか?」

そして、そう問いかけてみる。すると、彼は「……どうするもこうするも、神殿には戻れないだろ」と言って目を伏せていた。その言葉は、正しい。

「神殿には戻れない。もう、廃嫡も免れない。……だから、僕はここで罪を償う。……セイディも、助けてくれないようだしな」

一体、何が彼の心境を変えたのだろうか。ジャレッドはこんなにも物分かりのいい人物ではなかったというのに。そう思うセイディの気持ちを読み取ってか、ジャレッドは「いろいろと、僕なりに考えたんだ」と言葉を告げてきた。

「長い夢を見たような気がするんだ。……その夢は甘くて、きれいな夢だったような気がするんだ」

「……はぁ」

「きっと、その夢は僕の理想だったんだ。……目覚めた時、現実とのギャップに絶望した」

「……そう、なのですね」

「でも、目覚めて一番に見たのがセイディの顔でよかったよ」

目を伏せながらそう言うジャレッドに、セイディの中で小さな同情が芽生えたような気がした。とはいっても、本当に小さな小さなものだ。小さくて、今にも消え入りそうなもの。大々的に言えるような大きさではない。

(ジャレッド様は、いわばレイラの被害者なのよね)

きっと、物事の元凶はジャレッドではなくレイラなのだ。セイディからすべてを奪ったのもレイラ。その所為でジャレッドへの憎しみが薄れている。それは容易に想像が出来た。

「……一つだけ、確認したいのですが、よろしいでしょうか？」

セイディはジャレッドにそう尋ねた。そうすれば、彼はこくんと首を縦に振る。

「ジャレッド様は、未だにレイラのことを愛していますか？」

その問いかけに対する回答は、セイディにも予想がついている。今のジャレッドの態度を見るに、レイラのことを愛してはいない。

それでも、そう問いかけたかった。その理由はよく分からない。もしかしたら、彼のことを許せるとか許せないとか、そういう問題に関連しているのかもしれない。

「……いや、もう、レイラのことはどうでもいい。よくよく考えれば、レイラは僕のことを好きだったわけじゃないんだ。……セイディの婚約者だったから、奪いたかっただけなんだろう」

「そう、ですか」

その回答にホッとした自分がいることに、セイディは驚いてしまった。どうして、そう思うのだろうか。ジャレッドがレイラという名の毒牙から逃れたことに安堵しているのだろうか？　そんなの、意味なんてないのに。

「……ところで、どうしてジャレッド様は私に会いたいなんておっしゃったのですか？」

あぁ、そういえばもう一つ問いかけなくちゃいけないことがあったな。

ふとそんなことを思い出し、セイディはゆっくりと首をかしげてそう問いかけてみる。すると、彼は「……言いたいことが、あって」と視線を彷徨わせながら消え入りそうな声で告げてくる。

「……セイディ、悪かった。僕が、間違っていた」

「ジャレッド、さ、ま」

「いつからだろうな。セイディに謝らなくちゃならないと思うようになっていた。レイラの言葉に騙されたとはいえ、神殿を追放してしまったこと。勘当のきっかけをつくってしまったこと。全部、僕の所為なんだよな」

ジャレッドのその言葉に、セイディは一瞬だけぽかんとしてしまった。が、すぐに現実に戻りセイディは首を横に振る。

自分は追放されても幸せだった。むしろ、追放されてからの方が幸せだった。

自分を認めてくれる人たちの下で、働ける。それがどれほどまでに幸せなことなのか、ジャレッドには一生わからないことなのだろう。

「私、勘当されてからの方が幸せでした。なので、むしろジャレッド様には感謝しているのかもしれません」

「……セイディ？」

「私、今、すごく幸せです。お父様やお義母様、レイラの魔の手から逃れて、自由に過ごせる。そんな日々に、幸せを覚えています」

だから、自分が言える言葉はこれだけなのだ。そう思いながらセイディが表情を緩めれば、ジャレッドは「……そうか」と返事をくれた。そんな彼の様子を見つめ、セイディはくすっと声を上げて笑ってしまう。……彼と、まさかこんな風に話す日が来るなんて、何とも不思議な感覚だ。

「ジャレッド様」

「……セイディ？」

そして、セイディはジャレッドの顔をまっすぐに見つめる。そのまま、ゆっくりと口を開いた。

「貴方の罪が、消えるわけではありません。でも、私は必要以上の罰は望みません。なので、どうか大人しく罪を償ってくださいませ」

「……それは、聖女としての意見なのか？」

「そんなところ、ですかね」

聖女とは人を赦すことも必要だ。それは、ヤーノルド神殿で学んだことだった。それをジャレッドに告げるのはなんというか、皮肉なことなのだろう。それでも、この文章を述べるのは今だと思った。

「……セイディ」

その言葉を聞いたジャレッドの表情は、とても優しかった。多分、彼は本当に変わったのだ。アーネストがそのきっかけをつくったと考えれば、なんというか微妙な気持ちになってしまう。けれどきっと、いい変化だ。そうセイディが思っていた時だった。

「――っつ！」

不意に、襲ってきた苦しさに胸を押さえてしまう。

「おい！」

遠のいていく意識の中、微かに聞こえてきたのはほかでもないジャックの声。重たい瞼を必死に開ければ、ジャレッドも驚愕したような表情でこちらを見つめていた。

（……なに、これ）

目を開けてもいられない。そう思って、目を閉じた。

魔法石の正体

身体が重い。

そう思いながらセイディが瞼を開けば、そこは何もない空間だった。……魔法の類で作り出されたかのような空間に、セイディは目を凝らす。しかし、特に何も見えない。

（ジャレッド様が何かをした……というのは、考えにくいわね）

そう思う。

ジャレッドが何かをできる可能性は明らかに低い。ジャック曰く結界が張ってあったらしいし、ジャックが隣にいた以上何か変なことをすることは出来ない。それに、ジャレッドは改心していた。もしもあれが演技なのだとすれば、彼は役者に向いている。そう思えるレベルだった。

「……とりあえず、どうにかして目を覚まさなくちゃ」

そもそも、まだもう一日『光の収穫祭』は残っているのだ。こんなところで大切な時間を無駄にすることは出来ない。そんな風に考え、セイディはとりあえずと頬をつねってみる。その後、自分の手をつねってみる。古典的なやり方かもしれないが、今はこれしか考えられなかった。

だが、目が覚める気配はない。

「一体、どうしろって言うのかしら？」

多分、セイディをここに連れてきた人間には何かの狙いがあるのだろう。そうじゃないと、こんなに手間のかかることはしない。

それからしばらくした時だった。誰かの足音が、耳に届いた。その足音にセイディは聞き覚えがある。そのため、その足音の方向に視線を向ける。するとそこには――予想通りの人物がいた。

美しい青色の髪を持ち、目を細めながらセイディのことを見据える人物。

ブーツと床がぶつかるような音を鳴らしながら、彼はセイディのすぐ前で立ち止まった。

「……アーネスト様」

その人物の顔を見て、セイディはそう言葉を零す。その言葉を聞いたためだろうか、アーネストはにっこりとした表情を作る。その後、ゆっくりと口を開く。

「ようやく、お出ましですか」

彼は凛とした声でそう告げると、セイディの目をまっすぐに見つめてくる。その目つきの鋭さに、セイディは一瞬だけ背筋をぶるりと震わせた。だが、怯んでなどいられない。そう思いなおし、アーネストのことを見つめ返す。すると、彼は「……そんな、睨まなくても」と小さな声で呟いていた。

「……こんなところに私を連れてきて、何が狙いですか？」

「いえ、俺には狙いなどありませんよ。……ただ、毒が効いてきたというだけですから」

「……毒？」

「はい。貴女方が回収していた魔法石。あの中には、遅延性の毒が入っていました。光の魔力の持ち主にだけ、作用する毒が」

くすっと声を上げて笑うアーネストに対し、セイディは目を見開いてしまう。

そこまでの想像は、出来なかった。でも、そう言われれば当然なのだ。あの魔法石には何かの狙いがあったに違いない。考えが、甘かった。

「狙ったのは貴女……というか、聖女でしたね。まさか、貴女が一人で全部回収するとは思いませんでしたけれど」

くすくすと声を上げながら笑うアーネスト。そんな彼を見つめながら、セイディは瞬時に思考回路を張り巡らせる。毒が流れ込んだとして、自分の身体は大丈夫なのだろうか？　そんな心配が思い浮かび、セイディの中で嫌な想像が駆け巡る。

「あぁ、貴女の想像するような状態にはなっていませんよ。俺たちが準備をしたのは、ただ意識が剥離する毒です。つまり、貴女の意識をここに呼び寄せただけ」

手のひらをひらひらと振りながらアーネストはそう告げ、コホンと一度だけ咳ばらいをする。多分、彼は今から重要なことを言おうとしている。それがわかるからこそ、セイディは唇をぎゅっと結び、アーネストのことを見据えた。

「俺には狙いなどありません。俺が欲しいのは、俺と俺の婚約者が平和に暮らせる場所。それだけですから」

「……そう、ですか」

「でも、皇帝陛下は違いますよね。あのお方にはきっちりとした目的があって、その目的のために動いている。そのためならば、手段なんて選びません」

次にアーネストは目を閉じて、そんなことを言ってくる。ただ淡々と。何の感情も宿さないような声で。開いた目にも、何の感情も宿っていない。

「俺はあのお方と約束しました。協力してくれたら、俺と婚約者の願いを叶えてくれると」

「……ジョシュア様も、ですか？」

「そうですね。俺たち側近は、自らの願いを叶えるために皇帝陛下に従っております」

「つまり、忠誠などないと」

「いえいえ、最低限はありますよ」

セイディの問いかけに、アーネストは答えをくれる。その答えは、本当のことなのだろう。何処となく歪に感じていても、本当のことなのだ。それに、マギニス帝国の皇帝ならば一人二人の願いを叶えることなどたやすいはず。金も権力も力もあるのだから。

「……俺とジョシュアは、貴女を始末するようにと皇帝陛下から命令を受けました。ただ……邪魔者が、入ってしまいまして」

アーネストの言う邪魔者とはあの時セイディのことを庇い助けてくれた――クリストバルのことなのだろう。

それはセイディにもすぐに想像が出来た。

「どうしてあの人が俺たちの邪魔をするのかはわかりません。ただ、一つだけわかることがあるのです」

アーネストはセイディの方に一歩を踏み出し、そう告げる。その後、彼は「……貴女の、正体です」と静かな声で告げてきた。

自身の、正体。自分はオフラハティ子爵家で生まれた、ただの聖女だ。いや、違う。……アーネストが言っているのは。

「……お母様のこと、ですか？」

ゆっくりとそう問いかければ、アーネストは「そうですよ」と言ってにっこりといった風な笑みを浮かべた。

「貴女の母上の正体がわかれば、おのずと貴女の正体もわかりました。……だって、顔がそっくりですから」

そう言われ、セイディの心が少しだけ揺らぐ。記憶にない実母。ずっと、ずっと知りたいと思っていた。そう思うからこそ、セイディの胸の内側が疼く。その心の疼きを知ったためなのか、アーネストはセイディに手を差し出してきた。

「俺は、貴女に揺さぶりをかけます。……もしも、貴女の母上の正体を教えると言えば、貴女は何を差し出せますか？」

凛とした、狂気のこもったような声だった。その言葉に、セイディの心がまた揺れる。

……でも、何も差し出せるものはない。そういう意味を込めてアーネストのことをにらみつければ、彼は「そんな、難しく考えなくてもいいですよ」と言ってきた。

「命や身体を差し出せと言っているわけではありません。……何でもいいのです。貴女の宝物、大切な人。本当に、何だっていい」

「……どういうことですか」

「俺は貴女が絶望する顔が見たい。……貴女のそのきれいなお顔が、苦痛に歪むような表情が見たいだけなんです」

アーネストのその言葉に、セイディは下唇をかみしめる。苦痛に歪んだような表情が見たい。そのためだけに、セイディに揺さぶりをかけているのか。そう思ったからこそ、セイディはアーネストのことを見据えた。

「無理です」

セイディはその提案を一刀両断した。確かに、アーネストの言っていることは魅力的だ。だけど、何かを差し出してまで実母の正体を知りたいとは思わない。

使用人たちに慕われていたという実母のことだ。そんなことをすれば、悲しむのは目に見えている。それに……。

「お母様の正体は、私が自分で探ります。なので、アーネスト様のお力は必要ありません」

しっかりとした声でそう言えば、アーネストは「残念」とだけ告げ、セイディの真っ赤な目を見つめてくる。

「……あの人がいる以上、俺たちが攻撃しても大したダメージは与えられません。だけど、俺にもジョシュアにも引けないわけがある」

「……そう、ですか」

「だから、俺たちは明日も貴女方に攻撃を仕掛けます。もしも、あの人が気まぐれだけで貴女を助けたのだとすれば、俺たちにも勝ち目はありますから」

それはいわゆる宣戦布告というやつなのだろう。

そう判断し、セイディが静かにアーネストのことをにらみつければ、彼は「さぁ、運試しと行きましょうか」なんて言う。

「人生なんて、所詮ギャンブルです。俺は自分にデメリットが降りかからないギャンブルは大好きなので」

「自分勝手、ですね」

「人間なんて所詮みんなそうでしょう。貴女の元婚約者だって、異母妹だって、そうでしょう」

この人物は、一体どこまで自分のことを知っているのだろうか。一瞬だけそんなことを思ってしまうが、そんなことを気にしている場合ではない。

「さて、無駄話は終わりにしましょうか。俺は、貴女のことを葬りたい。それだけです」

アーネストはそう言って、セイディの首に手をかける。その動きはゆっくりとしたものだった。なのに、逃げる気が失せてしまうような。そんな不可解なもの。いや、きっと逃げようと思えないのはこの空間がアーネストの作り出した空間だからだろう。何処までも、彼の思い通りになる空間。

「――皇帝陛下のために、俺と俺の婚約者のために。貴女には犠牲になってもらわなくてはならない」

耳元でそんな言葉が聞こえてくる。だからこそ、セイディは思いきり言ってやった。

「――私は、そう簡単に貴方たちの犠牲になるつもりは、ありませんから」

と。

「私には私の幸せがあります。他者に踏みにじられたくない。……貴方と、一緒です」

凛とした声でそう告げれば、空間が歪んでいく。どうやら、アーネストの作り上げた空間が崩れ始めたらしい。

（けれど、アーネスト様のことはやっぱり少し心配なのよね。ミリウス様とやり合ったと聞いているし……。身体強化の魔法のリミッターを、外したみたいだし）

空間が崩れていく中、セイディはふとアーネストのことを心配してしまった。

確かに今、彼の異常なまでの狂気を再認識してしまった。それでも、心配するなという方が無理だったのかもしれない。

アーネスト・イザヤ・ホーエンローエ。何処までも歪んだ、美しき青年。そんな彼が、少しでも救われることを願っているのかもしれない。なんて、それだと――。

（博愛主義者、みたいね。私のキャラじゃないわ）

セイディは博愛主義者などではない。だから、その考えはかき消した。自分にだって好きと嫌いの感情はあるのだ。そんな、神様みたいに平等に人を愛することは出来ない。

ただ、唯一できることはある。それは――アーネストやジョシュアの暴走を、しっかりと止めることだろう。

（やってやろうじゃない……！）

実際に戦うのはセイディではないが、自分が出来ることはなんだってやってやる。その気持ちを強めながら、セイディは目の前の朽ち果てていく歪な空間を見つめていた。

美しき慈愛

重たい瞼を開き、セイディが目を覚ます。ゆっくりと起き上がりずきずきと痛む頭を押さえれば、側に居たのであろうジャックが「大丈夫か？」と問いかけてくる。なので、セイディは頷いた。

「……今、何時ですか？」

「そうだな。ちょうど日付が変わったくらいか」

ジャックのその言葉を聞き、セイディが周囲を見渡せばどうやらここは王宮内にある医務室らしい。寝かされているのは医療用の寝台であり、寝心地は悪くはないが……いいとも言えない。

「ところで、お前から毒が検出されたそうだが……」

セイディが大きく伸びをしていると、ジャックがそう声をかけてくる。……毒。確かにアーネストはあの時の魔法石に毒が忍ばせてあったと言っていた。しかも、光の魔力を持つ者にだけ作用する毒。

セイディだけを狙ったわけではないらしいが、結果的にセイディが全て一人で引き受ける形になってしまっていた。……まぁ、ほかに被害が出なかったと考えればまだ幸いだっただろう。

「……えっと、お話すればそこそこ長くなるのですが」

その後、セイディは夢のような空間でアーネストと対面したこと。アーネストとした会話の内容をジャックに話す。その話を聞いたためだろうか。ジャックは「……あの男は、何処までも」と零していた。

あの男。それが表すのは、間違いなくアーネストただ一人。

「まぁ、とりあえずお前が無事でよかった。……お前が目覚めたことだし、俺は外に行く」

セイディの話を一通り聞き終えた後、ジャックはそんな言葉を告げて立ち上がる。わざわざ、セイディが目覚めるのを待っていてくれたのか。そう思ったが、ジャックは護衛である。眠っているセイディが襲われないようにと守る役割もあったのだろう。

この間まではそういう役割はリリスが務めてくれていた。が、リリスはもう頼れないため、ジャックが側に居たということなのだろう。

「……とりあえず、俺は部屋の外で待機している。何かがあれば呼んでくれ」

最後にそれだけの言葉を残し、ジャックは部屋を出て行ってしまった。そんな彼の背中を見送り、セイディは一人きりになった部屋でぼんやりとする。

アーネストは、本当に何が狙いなのだろうか。でも、今はそれよりも。一つ、気になることがある。

（……あのお方）

あの時、セイディのことを助けてくれたクリストバルという男性。あの人物の正体はリオの言っていた通りヴェリテ公国の公爵で間違いないはずだ。しかし、やはり一番気になってしまうのは……どうして彼が、セイディを助けたのかということである。

（もしかして、お母様のことと関係があるのかしら？）

そう思ってしまった。

アーネストはセイディとセイディの実母の顔がそっくりだと言っていた。もしかしたら、クリストバルとセイディの実母は知り合いで、その縁で助けてくれたのではないだろうか？　……なんて、いくら何でも想像が過ぎるか。そう思いなおす。

「……まぁ、いいわ。とりあえず、明日の準備とかをしなくちゃ」

アーネストは明日も攻撃すると言っていた。ならば、ほんの少しでも覚悟を決めておかなければならないだろう。

ジャレッドを救った今、敵はアーネストとジョシュアの二人だけ。いや、もしかしたら実父や継母、レイラも敵かもしれない。が、そこまで考えていればキリがない。なので今は、そういうことにしておこう。

そんなことを思いセイディは寝台から下り、近くにかけられていた上着のポケットを漁る。そこには実母の形見である指輪が入っていた。これだけは、何が何でも守り抜かなければならない。記憶にはない実母との、唯一のつながりだから。

そんなとき、不意に窓の外で木々がざわめいているのがわかった。その瞬間、セイディの背筋に何とも言えない感覚が走ったような気がした。そのため、セイディは腕をこする。……なんとなく、不気味な魔力を感じてしまう。

（うぅ、準備だけ終わったらもう寝ましょう。これ以上、体力を消耗するわけにもいかないわけだし）

自分自身にそう言い聞かせ、近くに置いてあった衣装などのチェックを行う。どうやらジャックは気を遣ってくれたらしく、医務室で準備ができるようにしてくれたらしい。

それに感謝をしながら準備を行っていれば、ふと声が聞こえてきたような気がした。それは、窓の外からのようだ。……怖い。けれど、ちょっと気になるかも。それに、今の声には確かに聞き覚えがあるのだ。……敵意も何もこもっていないのも、関係している。

だからこそ、セイディはゆっくりと窓の方に近づきカーテンを開けた。それから、窓の外を見つめる。

「……気のせい、かしら？」

でも、誰もいなかった。もしかしたら、先ほどまでその人物のことを考えていたため、聞こえたように思ってしまっただけなのかもしれない。そう思い、踵を返そうとしたときだった。

「――セイディ・オフラハティ、さん」

もう一度、その人物の声が聞こえてきた。優しくて、ゆったりとしていて、聞いていて心地のいい声。その声の人物に、セイディは確かに一度助けられている。

「……クリストバル・ルカ・ヴェリテ、さま、ですよね？」

セイディがリオから聞いた名前をゆっくりと口ずさめば、その人物は「そうだよ」と言ってその姿を現した。

彼――クリストバルはそのふわふわとした白銀色の髪を揺らしながらにっこりと笑っていた。そのため、セイディは恐る恐る窓を開く。クリストバルからは敵意がこれっぽっちも感じられない。だから、窓を開けても問題ないと思ったのだ。

「……どう、なさったのですか？」

窓枠に手をつき、身を乗り出しながらセイディはそう問いかける。そうすれば、彼は「……一つだけ、貴女に言い忘れたことがあったので」と言ってにっこりと笑う。その笑みはとても美しく、何処となく女性らしさも感じさせてきた。中性的。クリストバルはそんな言葉がとてもよく似合う男性だった。

「手を、差し出してくださいませんか？」

セイディがクリストバルに見惚れていれば、彼は静かな声でそう告げてくる。……これは、どうすればいいのだろうか？　言い忘れていたということは、手を差し出す必要はないということだ。そう思いためらうセイディの考えはクリストバルには筒抜けだったらしい。彼は「ついでに、手渡したいものがありますので」と続けた。

「……手渡したいもの、ですか？」

「はい」

クリストバルの言葉をセイディが復唱すれば、彼はそんな返事をくれる。……どうしようか。もう一度そう思ったものの、クリストバルはあの時助けてくれた。それに一切の敵意が見えてこない。ならば、大丈夫だろう。そう判断し、セイディは恐る恐る手を差し出す。

そのセイディの手を見つめ、クリストバルは何かの呪文を唱える。それからしばらくすると、セイディの手のひらの上に一つの指輪が落ちてきた。

この指輪にセイディは見覚えがある。いや、ほんの少し違うかもしれない。この指輪は似ているだけだ。実際、セイディの持っているものとは少しだけ違う。

「……あの、これ」

その指輪をじっと見つめながらセイディがそう声を出せば、クリストバルは「……貴女なら、使いこなせるかと思いまして」と言ってくる。

指輪はシンプルなデザインだ。しかし、ところどころにあしらわれた装飾の繊細さから、とても高価なものに見える。でも、それよりも。……この指輪はセイディが実母の形見として大切にしているものとそっくりなのだ。それこそ、同じ職人が作ったのではないかと思うくらいには。

「この指輪はヴェリテ公国のとある職人が作り上げたものです。聖女の力を増幅させることもできる。……もしかしたら、貴女に必要になるかもしれないので」

クリストバルは淡々とそう告げてくる。

聖女の力を増幅させるというところも、実母の形見の指輪と同じだ。そして、何よりも。

……ヴェリテ公国のとある職人、とクリストバルは言った。

それはつまり、実母の形見であるあの指輪もヴェリテ公国で手に入れたものなのだろうか？

（けれど、どうしてお母様がヴェリテ公国に……？）

少しだけ、ほんの少しだけ実母がヴェリテ公国とかかわりがあるのでは……という想像はしていた。だが、その考えはいつも振り払っていた。セイディの実母は力の強い聖女の可能性が高いらしい。ヴェリテ公国の聖女は力が強いので、何か縁があるのかもしれない。だけど、その可能性はあったとしても低すぎるし、不確定なのだ。

「……あの、この指輪のこと、教えていただいても構いませんか？」

そう思ったら、セイディの口は自然とそんな言葉を紡いでいた。

もしも、実母のことを知れるのならば。その一心だったが、クリストバルは自身の唇に人差し指を当て、「すみませんが、僕には今、時間がありません」という。……やっぱり、図々しかったらしい。

「ですが、何か縁があればお伝えすることが出来るかもしれないですね」

「……縁、ですか」

「はい。僕は貴女とあと数回会えるような気がするんです。僕はこの『光の収穫祭』が終わったらヴェリテ公国に帰りますけれどね」

クリストバルはそんな言葉だけを残すと、颯爽と立ち去ってしまった。残されたのはセイディとその手のひらの上に乗った指輪。

……何だろうか。クリストバルは何かを知っている。それはセイディの直感が告げていた。

セイディはその指輪を握りしめる。クリストバルが何を思ってセイディにこれを手渡してきたのかは、これっぽっちもわからない。しかし、セイディの何かを買ってくれたということなのだろう。

それに、クリストバルは「あと数回会えるような気がする」と言っていた。だから、この指輪を返すことも出来るはずだ。

窓の外をぼんやりと見つめていたセイディだが、不意に夜風の所為でくしゃみをしてしまう。

……あぁ、夏も終わったなぁ。

そんなことを思うが、こんなことをしていたら風邪をひいてしまうだろう。そう判断し、セイディは窓を閉めてカーテンを閉め、寝台の方に近づいていく。

（クリストバル様の狙いは、わからない。でも、私はやるだけよ。アーネスト様にも、ジョシュア様にも、負けない）

明日がきっと最後の決戦になるのだろう。それがわかるからこそ、セイディは二つの指輪を握りしめた。

何処となくデザインが似ているのは、並べるとよく分かった。

最終日の始まり

「よし、行くわよ」

『光の収穫祭』の最終日。セイディは姿見の前でそう唱え、衣装のポケットの中に手を入れた。そこには実母の形見である指輪と、昨夜クリストバルからもらった指輪を忍ばせてある。これにはお守りという意味があった。

それに、アーネストやジョシュアがどういう風に仕掛けてくるかがわからない以上、持っていた方が良いという意味も含まれている。聖女の力を強めることが出来れば、セイディでも彼らに一矢報いることが出来るかもしれないから。

（……クリストバル様が何を思って私にこれを託してくださったのかは、わからないわ。けれど、利用できるものはなんだって利用する。それだけよ）

心の中でそう呟き、セイディは部屋を出て行く。

部屋の外にはいつも通りのきっちりとした格好のジャックと、少し面倒くさそうな表情をしたミリウスがいた。やはり、最終日ということもあり二人ともセイディについてくれるらしい。いや、きっと今年が特殊なことなのだろう。

「護衛の方、よろしくお願いいたします」

軽く頭を下げてそう言えば、ジャックは「これも仕事だからな」と返事をする。対するミリウスは何も言わなかったが、その視線はセイディにまっすぐに向けられていた。これで察しろということらしい。

「あの二人がどう仕掛けてくるかがわからない以上、俺たちも全力を尽くすしかない。……わかりますね、殿下？」

「……あぁ、一応、な」

「はぁ。本当に殿下は」

ジャックとミリウスのいつも通りの会話を聞きながら、セイディはゆっくりと足を進めた。

とりあえず、予定通りに神殿巡りを済ませなければならない。だが、アーネストやジョシュアが仕掛けてくるとなると神殿巡りをしている最中の可能性が高い。昨日や一昨日のことなども考慮するに、やはりその可能性が一番だ。

そんなことを考えてセイディが足を進めていれば、不意にミリウスが「セイディ」と後ろから声をかけてくる。その言葉に驚きセイディが足を止めてミリウスの方に振り返れば、彼は「……昨夜、誰かと会っただろ？」と問いかけてきた。昨夜。それはつまり、クリストバルのことだ。

「はい」

この場合、嘘をついてもメリットはない。そう判断しセイディは素直に首を縦に振る。そうすれば、彼は「……あの姿を見るに、ヴェリテの公爵か」と零す。だからこそ、セイディはもう一度力強くうなずく。

「あの男の狙いは、わかっているのか？」

「……いえ」

ミリウスの言葉に、セイディは少し困ったようにそう返す。実際、クリストバルの狙いは一切わからない。リア王国を助けたところで、彼にはメリットなどない。むしろ、労力を使ったというデメリットが発生する。ただわかることは、彼には何かしらの狙いがあるということなのだ。

「ですが、あのお方には何かの狙いがあります。だからこそ、私たちを助けてくださっているのだと、思います」

ポケットの中に入れた指輪を握りしめながら、セイディはそう告げる。もしも、クリストバルが完全な気まぐれでセイディのことを助けたのだとすれば。二度目はない。

なのに、昨夜クリストバルはセイディに指輪を託してくれた。そう考えれば、クリストバルには確かな狙いがあるのだ。

「……そうか。俺が知る限り、あの男は無駄なことをしない。何かメリットを見出して、セイディを助けようとしているんだろ」

セイディの言葉を聞いたミリウスは、そう言うと「で、何をもらった」と続けて問いかけてくる。

……まったく、何もかもお見通しなのか。そう思いながらセイディは「聖女の力を高める指輪を、いただきました」と答え、ポケットの中から昨夜クリストバルにもらった方の指輪を取り出す。

「これを、いただきました」

指輪の装飾は、とても美しい。暗闇の中でもその美しさはわかっていたが、明るいところに持ってくると尚更その美しさが際立っている。

「これ、私のお母様の形見の指輪とそっくり……だったり、するのです。まぁ、偶然でしょうけれど」

苦笑を浮かべながらそう言って、セイディはその指輪をポケットに戻す。実母がヴェリテ公国とかかわりがあるのかもしれない。それは、昨夜ずっと考えていた。けれど、答えなど出なかった。

それに、今はそんなことを深く考えている場合ではないのだ。

だから、今は偶然ということにしておいた方が良い。

「……そうか、見せてくれてありがとな。……とりあえず、その指輪も利用しろ。それが、俺が言える唯一のことだ」

「はい」

ミリウスのその言葉に肯定の返事をし、セイディはもう一度前を向いて歩き出す。

王宮の入り口にたどり着けば、そこには昨日一昨日とは違った馬車が止まっていた。御者も違う。

「じゃあ、行くか」

「はい」

「最終日、気を引き締めるぞ。お前も、殿下もな」

「わかっております」

ミリウスとジャックの言葉を聞きながら、セイディは頷いた。その真っ赤な目には、これでもかというほどの強い意志が宿っている。

『光の収穫祭』の最終日が——始まる。

巡り、めぐり

『光の収穫祭』の最終日。本日は三つの神殿を回る予定である。神殿巡りの後にはパレードがあり、それが終われば正真正銘『光の収穫祭』は終了となる予定だ。

そして、本日最後に回る神殿は王都の中で最も権力を持つ神殿であり、姿を消してしまった神官長が勤めていた神殿だった。

(神官長、どうなさっているのかしら……?)

やはり、そこが一番今気になっていることだろうか。そう思い胸の前で手を握っていれば、ミリウスがじっと見つめていることに気が付く。その鋭い緑色の目はセイディの不安などすべて見透かしているようにも思えてしまった。

そんな風に思うからこそ、セイディは「アーネスト様やジョシュア様、どう仕掛けてくると思いますか？」と問いかけてみた。

「……そうだな。まぁ、ジョシュアの方は行動が読めねぇなぁ。あの男は俺と似た人種だ。自由気ままで、人に縛られることを嫌う。そういう奴は、動きが読み難い」

セイディの言葉にミリウスは珍しく真面目に返してきた。が、言っていることはあまり参考にはならない。まぁ、セイディも同意見なので特別何かを言うつもりはないのだが。

それに、確かにミリウスとジョシュアは何処となく似ていた。自身を最強だと思っているところや、自由気ままで人に縛られるのを嫌うという部分がそっくりだ。

「アーネストの方は……かなり、焦りが出てきているな。ああいう時が一番厄介だ。冷静じゃない分、何をしでかすかがわからない」

ミリウスはそう続けた。

確かに、アーネストは何処となく焦っていた。多分、彼は『光の収穫祭』の開催期間にすべてを壊すつもりだったのだろう。しかし、その予定は現状これっぽっちも上手くいっていない。彼の性格ならば、焦るなという方が無理なのかも……しれない。

（……あのお二人も、完全な悪人というだけではないのよね。……ただ、やり方が間違っているだけ）

それをまっすぐに伝えたところであの二人には響かないだろう。あの二人にとって、正しいのは自分たち。相手が間違っているのだから。

そう思いながらセイディは馬車に揺られ続ける。とりあえず、一ヶ所目の神殿に向かわなければ。先ほどから黙っているジャックに視線を向ければ、彼は静かに窓の外を見つめていた。その横顔は絵になるほど美しい。そう思ってぼんやりと彼のことを見つめていれば、ジャックはその視線に気が付いたのか「……見るな」とボソッと告げてくる。

「……いえ、見ていたわけでは」

「じろじろ見ていただろ」

実際、ぼんやりと見ていたことは正しい。けれど、じろじろと見ていたわけではない。そういう意味を込めてセイディが首を横に振れば、ジャックはそっと視線を逸らしていた。これ以上言うことは無駄だと感じ取ったのかもしれない。

「お前、本当に扱いが面倒だなぁ」

そんなジャックを見てか、ミリウスはからかうような声音で彼に声をかけていた。それが気に障ったのか、ジャックは「殿下は、あいつと話していてください」と素っ気なく返し、また外に視線を向けてしまう。

「一つだけ、教えておいてやる」

不意にミリウスはセイディの方に近づき、セイディの耳元に唇を寄せた。そして、「……ジャック、多分お前のことが好きだぞ」と突拍子もないことを告げてくる。その所為で、セイディは「はい？」と素っ頓狂な声を上げてしまった。

「いや、恋愛感情じゃないぞ。単に友人として好いているというだけだ。……友人以上、恋人未満って奴？」

その言葉に驚きセイディがミリウスの顔をじっと見つめてみれば、彼は悪戯が成功した子供のような無邪気な表情を浮かべていた。……からかっていただけ、なのか。それならば、構わない。

そう思いセイディが一息ついていれば、ミリウスは「完全な嘘っていうわけではないぞ」と軽く言ってくる。

「というか、ジャックが好きでもない奴に女性克服の練習を頼むわけがないだろ」

「……まぁ、それはそう……って、どうしてそれを知っていらっしゃるのですか⁉」

確かに『光の収穫祭』の初日。ジャックに女性克服の練習を頼まれていた。だが、それをミリウスに伝えてはいない。それに、ジャック自身がほかでもないミリウスにそんなことを言うわけがない。

そういう意味を込めて目をぱちぱちとしながらミリウスのことを見つめれば、彼は「大体わかるさ」と言う。

「そもそも、こいつが俺に隠しごとなんてできるわけがないんだよ。……わかりやすいし」

「……それは、そうですね」

その言葉に、セイディは納得するほかなかった。

そんな風にミリウスと話していれば、ジャックの視線がセイディに注がれた。が、すぐに視線を逸らしその視線はミリウスに向けられる。

「……おい、殿下。余計なことは言っていないでしょうね」

ジャックはそう言うと、ミリウスのことを強くにらみつける。そのためだろうか、ミリウスは

「別に余計なことじゃない」と言って好戦的に笑う。

「お前がセイディのことをそこそこ好いているっていう話だ」

「……誰がだ！」

ミリウスの言葉に、ジャックは少しだけ時間をおいて叫んでいた。

……それだと、逆に怪しまれるのに。そうセイディは思ってしまうが、彼はそこまで思考回路が回っていないのだ。

「恋愛感情か？」

「余計なお世話だ！」

……それだと、逆に肯定しているようにしか聞こえないぞ。

冷静な思考回路を持っている人がいれば、そう告げたのだろう。ただ、生憎そういう人物がここにはいなかったというだけだ。

「ジャック。お前は本当にからかうと面白いな。……アシェル共々、いい暇つぶしだ」

ジャックが一人慌てふためく中、ミリウスは悠々自適に寛ぎながらそんな言葉を呟いていた。慌てふためいているジャックには、きっとその言葉は聞こえていないだろう。だが、セイディにはしっかりと聞こえていた。こういう状態のことを異国の言葉で『知らぬが仏』といったはずだ。

（まぁ、ミリウス様もこうおっしゃっているけれど、ジャック様のこともアシェル様のことも信頼しているのよね。だから、放っておいていいはずだわ）

ミリウスは口ではそう言っているが、実際はアシェルやジャックのことをとてもよく信頼している。それをセイディは知っている。そのため、特別何かを言うつもりはない。

そんなことをセイディが考えてしばらくした頃。ミリウスの口から「そろそろか」という言葉が零れていた。確かに、もうそろそろ神殿にたどり着くはずだ。が、ミリウスの言っている「そろそろか」の意味がその意味ではないことを、セイディは察する。きっと、襲撃のことのはずだ。

「民たちに被害が行くくらいならば、ここで襲われた方が数倍マシだ」

「……そうです、ね」

ミリウスは返答を求めてそう言ったわけではないと、セイディにだってわかっていた。しかし、言葉を返してしまう。それは本当に無意識のうちのこと。きっと、ミリウスと同じ考えをしていたために言ってしまった言葉なのだろう。

「今日は最終日だ。アーネストの奴も、ジョシュアの奴も、本気で襲ってくる。セイディ、気を引き締めろよ？」

「……わかっています、よ」

少し返事をためらったのち、セイディはそう返した。どうして返事をためらってしまったのかは、よくわかっているつもりだ。

アーネストやジョシュアのことを、考えてしまったからだ。

（アーネスト様やジョシュア様と和解……なんて、都合のいいことを考えるのはダメね）

出来れば平和的に穏便に解決がしたい。心の中ではそう思っている。けれど、それが難しいことも嫌というほど理解しているつもりだ。彼らが自分たちの正義に生きている以上、自分たちの考えが交わることはない。

（マギニス帝国の皇帝が、何を考えていらっしゃるのかがわかれば、解決方法はあるのかもしれないけれど……）

そう思っても、生憎皇帝であるブラッドリーという人物が何を考え、何を思い行動しているのかをセイディが知る術はない。アーネストやジョシュアが詳しく教えてくれるとも考えられない。それに、教えてくれたところで嘘の可能性があるのだ。そして、セイディが予測を立てたところで当たるわけがない。

（あぁ、考えていても今は無駄ね。今は、きっちりとすることを優先しなくちゃ）

それに、今は余計なことを考えている場合ではない。第一に王国を守ること。アーネストやジョシュアのことはその次だ。いや、もしかしたら次の次の次くらいかもしれないが。

「なぁ、セイディ」

「……はい」

「一つだけ、言っておく」

セイディが真剣に考え込んでいれば、ミリウスは真剣な声音でそう声をかけてきた。その言葉に返事をすれば、彼は「人の行いってのはな、巡り巡って自分に返ってくるんだ」と意味の分からない言葉を投げつけてくる。

「……それ、は」

「例えば、セイディが多数の人間を助けたとする。そうすれば、その行いは必ず自分の元に返ってくる」

「……はぁ」

「だからな、アーネストやジョシュアの行っている行動は、いずれ自分たちの身を滅ぼすことにつながってしまう」

つまり、ミリウスはアーネストやジョシュアが作り上げようとしている世界は決して理想郷ではないと言いたいのだろう。それを感じ取り、セイディはその赤色の目を伏せる。

実際、理想郷とは誰もが憧れる夢のような存在だ。セイディにだって、理想郷があればいいと思う気持ちはある。が、それを作り上げるためには多数の血が流れてしまう。……アーネストやジョシュアが、やっているように。

「完璧な世界なんて、ないんだ。完璧な箱庭なんて、ないんだ。いずれは、それをあいつらもわかればいいんだけれどなぁ」

ぼやかれたその言葉に、セイディは何も言えなかった。ミリウスはアーネストやジョシュアのこともそれとなく考えている。それが、先ほどの言葉で嫌というほど伝わってきた。自分も彼らのことを考えているつもりではあった。しかし、所詮はつもりでしかなく。ミリウスほど真剣には考えていなかった。

（アーネスト様やジョシュア様の心も、救えたら）

その所為なのだろうか。そう思ってしまうのは。

まぁ、その役目をセイディが担うことはないだろう。彼らには愛する人がいる。それは、セイディも知っていること。

（けれど、諭すことは出来るはず。……小さなとげは大きくなって、いずれはその存在を無視できなくなる。今は、それでいいの）

今は彼らを止めるだけでいい。彼らの罪を、少しでも少なくするだけだ。今のセイディにできることは、結局それだけだから。

たとえ、それが彼らにとっての『正義』だったとしても。

それからしばしの時間が流れ。残りの神殿が一つになった頃。最後の神殿に馬車に乗って向かっていれば、不意に馬車ががたんと大きな音を立てて揺れた。

その揺れにセイディが驚いていれば、ミリウスは窓の外を見つめ「……そろそろ、か」と呟く。セイディも隣から窓の外を覗き込めば神殿はほんの少し先にある。そして、馬車の前に立ちふさがっている一つの人影。……大方、アーネストだろう。

「……降ります」

セイディはその光景を見つめ、ゆっくりとそう告げる。そうすれば、ミリウスは「おー」と言って自身も降りる準備を始めていた。たった一人、ジャックだけが「……呆れた」とどうしようもないような表情を浮かべ、言葉を零している。多分、二人の突拍子もない行動に言葉通り呆れてしまったのだろう。だが、止めることはない。

ゆっくりと馬車を降りれば、そこに立ちふさがっているのは予想通りアーネストだった。彼はにっこりと笑い「昨日ぶり、ですね」とセイディに声をかけてくる。だからこそ、セイディは「そうですね」と答え、肩をすくめた。

「……一つだけ、アーネスト様にお伝えしたいことがあります」

アーネストの目をまっすぐに見つめセイディは凛とした声と態度でそう告げてみる。そんなセイディの態度を見たためだろうか。彼は目を閉じて「どうぞ」と返事をくれる。……どうやら、彼はセイディの話にほんの少しとはいえ耳を傾けてくれるらしい。

「余計なお世話だって、わかっています。……ですが、どうしても言いたいので、言わせていただきます」

一応とばかりに前置きをし、セイディはアーネストにゆっくりと言葉を投げつけることにした。一度だけ深呼吸をして、目を瞑って開く。

「——貴方たちのやっていることは、正義ですか？」

凛とした透き通ったような声で、怯まない声で。自分自身にそう言い聞かせ、セイディはそう問いかけた。

セイディのその問いかけをアーネストは予想していたのだろう。彼は口元を緩め「何度も言っているでしょう」と呆れたような返事をくれる。それはつまり、問いかけを肯定しているということだろう。

「俺たちのやっていることは、俺たち以外からすれば悪かもしれません。ですが、俺たちにとっては唯一の正義であり、正しい」

「……そうですか」

その回答は予想出来ていた。そのため、セイディはアーネストのことを見据え「けれど」と続ける。怯まないように。視線はまっすぐ、アーネストに向けたまま。

「それがたとえ貴方たちの正義だったとしても、私たちには私たちの生活があります。正義もあります。……易々と、貴方たちの思い通りにはなりません。貴方たちの主――皇帝にも、そうお伝え願えると幸いです」

「……ここですべてを終わらせれば、そんな伝言無意味でしょう」

狂気をまとったような声が、セイディの耳に届く。確かにアーネストの言っていることは間違いない。この場ですべてが終わってしまえば、セイディの言葉など誰にも届かない。皇帝ブラッドリーにも伝わらない。だから、自分がするべきことは。できることは。

「そうですね。……でも、私たちはここですべてを終わらせるつもりは一切ないので。……そこだけは、ご理解いただければと思います」

全力で、アーネストたちを止めることだけなのだ。

そういう意味を込めて言葉を発すれば、彼はただ肩をすくめる。その後「やれる、ものならば」と言って呪文を唱え剣を取り出した。そして、素早い動きで切りかかってきた。

狙いを定められたのは、やはりと言っていいのかセイディだった。だから、セイディはその剣を身を翻して躱す。その際に髪の毛に剣がかすってしまったらしく、茶色の髪が数本はらはらと落ちていく。それをよそ目にセイディは体勢を整えた。

「私は、負けませんから」

じっとアーネストのことを見据え、そう叫ぶ。その声を聞いたためか、アーネストは笑いながら「やれるものならば！」と言ってきてもう一度切りかかってくる。

が、その剣をジャックが自身の剣で受け止めていた。

「……邪魔、ですね」

「残念だったな。生憎、俺の仕事はお前たちの邪魔だ」

アーネストの言葉にジャックははっきりと言葉を返していた。そのまま剣を押し返し、凛とした態度でアーネストを見据える。

「お前の相手は、俺がする。……魔法騎士同士、負けられないからな」

「……そうですか。じゃあ、さっさと決着をつけちゃいましょうか！」

剣と剣同士がぶつかるような甲高い音を聞きながら、セイディは視線を素早く動かし辺りを観察する。

アーネストが現れたということは、ジョシュアもいる可能性が高い。それに、多分それ以外にも誰かがいるはずだ。こちらが三人である以上、相手も三人のはず。アーネストが数で不利を取るとは考えにくい。

アーネスト、ジョシュア。それから、あと一人。

（……だけど、マギニス帝国は刺客を増やすことは出来ないはず。ならば、ありえるのは――）

アーネストは人を操る魔法が使える。ということを前提に置けば、一番に考えられるのはこの王国の人物を操り、戦力にするということ。慌ただしく視線を動かし、目的の人物を捜す。そうすれば、その人物はあっけなく見つかった。

（……やっぱり、ね）

あの人物は多大なる魔力を持っており、魔法を使いこなせている。戦力にすればかなりのものになるはずだ。

「……セイディ、俺は、ジョシュアの相手をしてくる」

耳元でミリウスにそう告げられ、セイディは頷いた。その後、ミリウスは何もないはずの方向に飛び、そのままその辺りを大剣で切り裂く。すると、そこからはジョシュアが現れた。……彼は、姿を消す魔法を使っていたらしい。

「やってやろうじゃねぇかよぉ！」

「……あぁ、どっちの方が強いか決着をつけてやる」

ミリウスとジョシュアのそんな声が聞こえてくる。

そちらに一瞬だけ視線を向けた後。セイディは「……私は、逃げも隠れもしませんよ」と告げた。その声を聞いたためだろうか。その人物は姿を現す。

「神官長」

セイディが見つめる視線の先に居るのは、準備期間に姿を消した神官長。その人物。

（……この気配。やっぱり、ジャレッド様と同じ状態ね）

神官長と向き合いながら、セイディは内心でそう零す。彼の身体から感じられる魔力はあの時のジャレッドと同じもののように感じられた。そのため、セイディは一旦深呼吸をする。その後、神官長をまっすぐに見据えた。彼の目は何処となく焦点が合っておらず、正気ではないことは一目瞭然だった。

「……神官長」

セイディがゆっくり彼に声をかけるものの、彼はこれっぽっちも反応してくれない。ただ、セイディに向かって魔法を飛ばしてくるだけだ。それは氷の刃となり、セイディに容赦なく攻撃を仕掛けてくる。

その氷の刃を避けながら、セイディは神官長のことを見据え続けた。

彼から学んだことは、何一つとして無駄にならなかった。警護の配置、王国内の地形。身に付けた気品や優雅さもすべてセイディの役に立ってくれた。それは、神官長の計らいがあったためだ。神官長はセイディのことを間違いなく助けてくれた。その恩を、今は返すべきなのだ。

脳内でそう呟き、セイディは考える。

（どうすればいい？　どうすれば、神官長を助けられる……？）

頭の中を必死に動かし、動きながら考える。考えても考えても、答えなんて出てこないかもしれない。しかし、考えないよりはずっとマシだ。それに、ジャレッドだって助けられたじゃないか。

人間とは考えることを止めてしまえばそこで成長は止まってしまう。セイディはそう思っているため、どれだけ絶望的な状況でも考えることを止めなかった。

「っつ！」

けれど、考えることに集中していたためだろう。セイディの衣装に、微かに氷の刃が触れた。それに目を見開けば、神官長の口元がふっと緩む。もしかしたらだが、彼の表情や意思はアーネストとリンクしているのかも。なんて何の役にも立たない結論を生み出してしまった。

(ダメよ。怯んじゃ、ダメ)

怪我はしていないのだから、大丈夫だ。そう思いなおし、セイディはまた氷の刃を避けるために動く。とめどなく与えられる攻撃は、確実にセイディの体力を奪っていく。一刻も早く、何とかしなければ。そんな焦りが脳内に生まれる。

そんなとき、不意に衣装のポケットから一つの指輪が零れ落ちた。慌ててそれを拾い上げれば、それは昨夜クリストバルから託されたもの。……何処となく妖しく光っているように見えるのは、気のせいではないはずだ。

(……そうだわ)

一つの考えが、セイディの脳内に浮かび上がった。なので、セイディはゆっくりと神官長に近づいていく。至近距離で攻撃されれば、避けるのは難しくなってしまう。でも、このままだと体力が尽きてしまいじり貧になるのは目に見えているのだ。だったら、一か八かにかけた方が良いに決まっている。そう、思った。

「……クリストバル様、お力をどうかお貸しくださいませ……!」

指輪を握りしめ、そう唱える。こんなことを呟いて、何かが変わるとは思えない。それでも、何も言わないよりはマシだと思った。

少しでも狙いを定めやすいようにとゆっくりと神官長に近づいていく。指輪には自身の光の魔力をこれでもかというほど注ぎ、力を増幅させていく。

多分だが、クリストバルが想定していた使い方はこれではないだろう。わかっている。が、託されたものをどう使おうがセイディの勝手である。人助けに使ったのならば彼も文句は言うまい。

「っつ……！」

神官長が徐々に近づいてくるセイディに目を見開く。攻撃は激しさを増し、セイディのことを自身から遠ざけようとする。けれど、お構いなし。

まず、指輪に光の魔力を最大限まで注ぐ。それから、指輪を思いきり握った。手が痛むくらいに。ぎゅっと握りしめ、視線は神官長に向ける。足は地面を踏みしめ、力を込めて――。

（……もう、これしかないのよ――）

多分というか、絶対に使い方が違う自覚はある。だけど、やるしかない。

自分自身にそう言い聞かせ、セイディは神官長から視線を外さずに――その指輪を、思いきり神官長に向けてぶん投げた。

「っつ……！」

神官長もセイディがこんな行動を取るとは予想していなかったのだろう。だから、彼の反応が遅れる。その指輪に攻撃を仕掛けようとするが、時すでに遅し。指輪は神官長の顔面に思いきりぶつかった。

その瞬間、指輪が淡い光を放出した。そのため、セイディはそのタイミングで呪文を唱える。自身の光の魔力と指輪から放出される光の魔力を共鳴させ、神官長に注ぎ込んでいく。

「……なっ！」

近くからアーネストのものであろう驚愕の声が聞こえてきた。その後ろから、ジャックの「あいつ……！」というような呆れた声もセイディの耳に届く。ジャックのことだ。セイディのあまりにも乱暴な方法に呆れを通り越してしまったのだろう。

（絶対に、負けるわけにはいかないのよ——！）

心の中でそう零し、セイディは神官長を見据えた。すると、彼の表情が少しずつ和らいでいく。

成功、したのだろうか？　そう思いセイディが神官長を見据えていれば、彼は一瞬だけ目を見開いたのち——その場に崩れ落ちる。その足元に、指輪がからからと音を立てて転がっていた。

ほんの一瞬の、隙

「やばっ、あんな使い方があるんだな」

セイディの背後から笑いがこもったような声が聞こえてくる。この声は、間違いなくミリウスだ。そもそも、この状況で軽口をたたくのは彼しかいない。

そう思いながらセイディは一旦呼吸を整えた。力いっぱい指輪を投げたこと。光の魔力を一気に注いだことからか、体力はかなり消耗していた。でも、視線はそのまま前を向き続ける。ただまっすぐに、神官長を見据え続ける。意志の強い光を目に宿して見続けていたのだが……さすがに限界だったらしい。

「……疲れた」

そう零し、セイディはその場でふらふらとよろめいてしまう。

さすがに体から一気に光の魔力が消えたこともあり、立っていることが難しくなってしまったのだ。

倒れこむのをぐっとこらえていれば、何処からか「クソッ」というような声が聞こえてきた。多分、アーネストのものだろう。

「……くだらない。全部、ぜーんぶくだらない」

聞こえてきたのはそんな言葉だった。

それとほぼ同時に、アーネストの持つ剣の矛先がジャックからセイディに移動する。向けられた殺気に一瞬だけ身を震わせれば、彼は「ジョシュア、二人同時に相手、出来ますよね？」と言葉を投げつける。

「あぁ、短期間だったらできるぞ」

「俺は、あの聖女をぶっ潰す。……そっちは、頼みましたよ」

アーネストのそんな言葉。

次の瞬間、アーネストの足が地面を蹴り、一瞬でセイディとの距離を縮めてきた。ジャックが咄嗟に反応しようとしたようだが、ジョシュアはそれを素早く阻む。

「……お前、邪魔だっ！」

何処からかジャックのそんな声が聞こえてくる。けれど、今はそんなことよりも。そう思いセイディはアーネストから視線を逸らさなかった。彼の行動をしっかりと見つめ、確実に攻撃をよけていく。しかし、反撃の方法はない。

（耐える……しか、ないのよね）

今できる精一杯の行動はそれだけだ。そう思い、セイディはアーネストの攻撃をよけていく。視線を少しだけずらせば、ジョシュアはミリウスとジャックの二人を同時に相手にしているようだった。……やはり、彼は化け物のようだ。

「本当に、どいつもこいつも俺の邪魔ばっかりする」

「……それが、私たちのやるべきことですから」

アーネストの悲鳴にも似た言葉に、セイディは凛とした声で返した。

そんなセイディの言葉を聞いて、どう思ったのだろうか。アーネストは「……本当に、邪魔、邪魔」と単語を繰り返す。その目はいつも以上に狂気をまとっているように見えて、セイディの背筋に冷たいものが走る。

（……このお方、やっぱり、ろくでもないわね）

アーネストやジョシュアのことも、傷つけない方法で済ませたい。そう思っても、それは無理なのだと再認識させられてしまう。

「っはぁ」

もうそろそろ、セイディの体力も限界かもしれない。光の魔力を一気に放出した。その前は、ずっと逃げていた。体力だってもうずっと昔に尽きていたのだ。

それを実感しながらも、セイディはあきらめることはしない。……あきらめるわけには、いかないから。

（私は、生きなくちゃならないのよ。……クリストバル様が託してくださったように）

クリストバルはセイディの力を見込んで指輪を託してくれた。その期待に応えるためにも、野垂れ死ぬわけにはいかないのだ。その一心で、セイディは足を動かしていた。

「……しつこい、ですねっ！」

「そりゃあ、俺の未来がかかっていますから」

さっさと、あきらめてくれたらいいのに。そう思いながらセイディが逃げていると、不意に衣装の裾に足を引っかけ、その場に転んでしまう。……不運だった。

（というか、この衣装が動きにくいのがダメなのよ……！）

そう思いながらも、セイディは何とか立ち上がろうとする。だが、アーネストの行動の方が早かったらしく。彼は剣をセイディに突き付けてくる。……剣先が目の前にあるのは、世にいう絶体絶命という奴だろうか。

（……本当に、ついていないわね）

肝心なところで運がないな。そう思い口元を歪めていれば、アーネストがセイディのことを見下ろしてくる。

「……ようやく」

小さく呟かれた言葉に、セイディは「……負けたく、ないです」と告げる。

「負けたくない。やられたくもない。……私、そう簡単に負けませんから」

「この状況で、よくもまぁのんきにそんなことが言えますよね」

確かに、この状況下だとセイディの言葉は強がりでしかない。

それに、策があるかと問われれば答えは否。何もない。ただ、自分にできることは――祈ることだけなのだから。

（一瞬の隙をついて、逃げる。これに賭けるわ）

こうなったら、変に逃げようとしない方が良いに決まっている。そう思い、セイディはアーネストの行動を注意深く観察した。誰だって、一瞬くらいは隙が出来る。できるから――その隙を、突く。

（行くわよっ！）

ほんの少し、アーネストの視線が逸らされたとき。セイディは勢いよく立ち上がり駆けだそうとした。

しかし、アーネストにはそれがどうやらお見通しだったらしい。彼はセイディの後ろからその剣を突きつけようとしてくる。

――もう、ダメかもしれないっ！

そう思い、セイディが目を瞑った瞬間だった。

「――なっ！」

アーネストの驚いたような声が聞こえてきた。

そして、揺らぐ誰かの身体。……セイディのものではない。その誰かは、セイディを庇ってくれたのだ。それだけは、よく分かった。

「……ど、うして」

その光景を見たセイディの口から一番に零れたのは、そんな言葉だった。

真っ赤な目を見開いて、その誰かの身体を受け止める。

「……クソッ」

アーネストの慌てたような声が耳に届く。彼にとっても、これは完全に予想外だったらしい。それがわかるからこそ、セイディはその誰かの身体を支える。彼のきれいな銀色の長い髪が、風に揺らめく。

「フレディ、さま？」

ゆっくりと彼――フレディの身体を支えれば、彼は「よかった」と言っていた。

そのよかったの意味が、これっぽっちも分からない。セイディを庇って傷つくことは、帝国からの刺客であるはずのフレディにメリットにはならない。

「……かっこよく助けたかったけれど、咄嗟だからこうなっちゃった」

目を細めながら、フレディはそう言う。その言葉に嘘はこれっぽっちも含まれていない。そのため、セイディは「……どうして、ですか？」と声をかける。

「どうして、私を庇ったりしたのですか？　フレディ様、帝国からの刺客だったのですよね？」

確かにフレディのことを信じたかったのは、ある。だけど、何もこんな形でやらなくてもいいだろう。そういう意味を込めて彼のことを見つめれば、彼は「……僕、変わりたかったから」と言う。

「僕、変わりたかった。それに、セイディのことを助けたかった。……だから、こうしただけ」

口元を緩めながらフレディはそう言う。その痛々しい笑みを見て、セイディはフレディの身体を支えるのをやめた。地面に彼を寝かせ、アーネストのことを見据える。今、自分がするべきことは。そう思いアーネストを見つめれば、彼は「……皇帝陛下に、何と説明すれば」などと一人ブツブツと呟いている。

（アーネスト様、気が動転していらっしゃるわね。だったら、今）

——今から、フレディのことを治療しよう。

そう、思った。

だからこそ、セイディは実母の形見である指輪をはめる。その後、ゆっくりと光の魔力を注いだ。アーネストの魔法は強力だ。リリスの時も一筋縄ではいかなかった。でも、やるしかないのだ。そう思いなおし、セイディはフレディの身体を見つめていた。

「……大丈夫、ですから」

少し苦しそうにするフレディに対し、セイディはそう声をかける。すると、彼は「……ぼ、くに、構っていても、いいの……？」と問いかけてきた。それは、多分アーネストのことだろう。

「大丈夫です。ジャック様や、ミリウス様がいらっしゃいます」

セイディはジャックとミリウスのことを信じている。彼らならば、アーネストやジョシュアのことを何とかしてくれると。そう、信じている。そのため、フレディの治療に当たるのだ。

（……やっぱり、上手くいかないわね）

光の魔力を注いでも、なかなか上手くいかない。やはり、アーネストの剣には特殊な魔法かなにかがかかっているのだろう。そう思いセイディが顔をしかめていれば、その額に何かがぶつかった。それは、先ほど神官長に投げつけた指輪で。

驚いて顔を上げれば、ジャックがその指輪を投げつけてきたのだとわかった。……どうやら、彼はフレディを助けることに賛成らしい。

「その宮廷魔法使いを助ければ、こっちにもメリットがある」

小さくそう零し、ジャックはアーネストに向き直る。それを見たためだろうか、アーネストはハッとしてジャックに剣を向けていた。このままだと、自分に分が悪い。それを理解したらしい。

(……どうにか、しないと)

焦ったら余計にうまくいかない。わかっている。わかっているが……流れる血の量からして、あまり悠長なことは考えていられない。

そう思い、セイディは思考回路を必死に動かす。すると、一つの案が思い浮かんだ。

セイディを助けてくれた、クリストバルの使っていた魔法だ。

(こうなったら、やってやるしかないわね)

クリストバルが使っていた魔法が、どういう仕組みをしているのかはよくわからない。なので、賭けになってしまう。が、このままフレディを殺すわけにはいかないのだ。……やるしか、ない。

「……セイディ?」

フレディがゆっくりとセイディの名前を呼ぶ。だからこそ、セイディは「……待っていて、ください」と言って目を瞑る。

耳には、剣と剣がぶつかるような音が聞こえてくる。どうやら、未だに戦いは続行されているらしい。そんなことを考えながら、セイディはあの時のクリストバルのことを思いだした。

（クリストバル様の、お力をっ！）

脳内でそう唱え、セイディは見様見真似で一気に光の魔力を放出した。その瞬間——周囲を温かい光が包む。

その光はフレディやセイディだけではなく、アーネストやジョシュアたちのことも包み込んでいたようだった。

（これで、成功してっ！）

そんな祈りが届いたのか。はたまた、別の要因だったのか。次にセイディが目を開けば、フレディの傷はきれいさっぱり消えていた。

襲撃の終わり

「……セイディ？」

フレディがセイディの名前を戸惑ったように呼ぶ。

それを聞いて、セイディは「……よかった」と呟いて身体から力を抜いた。背中から倒れこんでしまいそうになるが、そこはぐっとこらえる。その後、ゆっくりと息を吐いた。

視線だけで周囲を見渡せば、誰もが驚いたようにセイディのことを凝視していた。いつの間に目を覚ましたのか、神官長までもがセイディのことを見つめていた。……どうにも、先ほどの光で目を覚ましたらしい。

「……はは、はははは っ！」

それからしばらくして聞こえてきたのは、誰かのそんな笑い声だった。その声の方向に視線を向ければ、そこにいたのは――ジョシュアだった。

彼はその銀色の髪の毛を掻き上げながら面白そうに笑う。

そして、彼の視線はアーネストに注がれる。

「全部、ぜーんぶめちゃくちゃだな。……アーネストよぉ」

「……貴方、どっちの味方なんですか」

けらけらと面白そうに言葉を発しながら、ジョシュアは剣をしまい込むとアーネストの方に近づいていく。

そのまま、彼はアーネストに何かを耳打ちしていた。

その言葉を聞いたためだろうか、アーネストは「クソッ」と声を上げた後自らの手に持っていた剣をしまい込む。

アーネストたちの行動にセイディが驚いていれば、ジョシュアは次にセイディの方に近づいてきた。思わず身構えてしまったものの、彼のその視線には敵意がこもっていない。ただ、慈愛のような。まるで、慈しむような感情が込められていた。……意味が、分からなかった。

「じゃ、俺らは帰るわ」

「え？　ちょ、ま、待ってください……！」

「もしかして、引き留められている系か？　けど、残念時間切れだ」

トントンと自身の腕時計をたたき、ジョシュアはそう言う。

その言葉の意味がすぐには分からなかったセイディだが、何処からか人の話し声が聞こえること に気が付いた。そのため、ハッとする。……多分、先ほどの光で民たちが何かがあったのだと感じ 取ってしまったのだろう。

「じゃあな。……また、会えるといいな」

アーネストの肩を掴み、ジョシュアはそのままどこかに立ち去っていく。最後に「ま、次は別の 奴が来るだろうけれどな」と言葉を残していった。

彼のその後ろ姿をぼんやりと見つめながら、セイディは「……もう二度と、会いたくないです」 とボソッと言葉を零してしまう。

そんなセイディの本音が聞こえていたのか。はたまた、ただの偶然だったのか。ジョシュアがゆ っくりと振り向き、セイディに手を振ってきた。

……彼は、一体どういった人物なのだろうか。自由奔放で、行動が読めない。皇帝に従う素振り を見せるのに、セイディたちに対してはっきりとした敵意を示さない。謎の多い、人物だった。

「……セイディ！」

思考回路を動かしていれば、不意に声をかけられた。その声にもう一度ハッとし、セイディは下に向けていた視線を上げる。すると、そこにはアシェルとリオがいて。彼らはセイディのことを見て「大丈夫か？」と声をかけてくる。なので、セイディは「……まぁ、少し、は？」とぎこちなく答えていた。

「……さっきの光、何だったんだ」

アシェルが直球に問いかけてくる。そのため、セイディは「……話せば、長くなるのですが」といったん前置きをする。実際、話せばかなり長い内容となってしまう。簡潔にまとめれば光の魔力を使った。それだけで済むのだが、それで納得してくれるとは思えない。

「それじゃあ、いいわ。とりあえず、戻ってから詳しい話は聞きましょう」

「……はい」

「あと、宮廷魔法使いのフレディ様？　一体いつまでそこにいらっしゃるつもりなのかしら？」

リオの視線が、セイディのすぐそばにいるフレディに移動する。彼はいつの間にかセイディの膝の上に頭を預けており、優雅にくつろいでいた。……先ほど死にかけていた人間の行動とはとても思えない。

「……いいじゃない、今くらいは」

「お前、帝国の刺客だっただろ」

刺々しいアシェルの言葉に、フレディは「そうだね」と言ってにっこりと笑っていた。

「でも、僕は皇帝陛下に逆らうよ。……そうじゃないと、セイディのことを庇わない」

「何があったのかは後で詳しく話してもらう。……ただ、セイディの信じたいと思っていた気持ちくらい、酌み取ってやれ」

……しかし、アシェルの言葉は本当に余計だな。

内心でそう思いながら、セイディはそっと視線を逸らした。

フレディのことを信じたい。そう思う気持ちは確かに真実だった。庇ってくれたときは自分の考えが間違いではなかったのだと思った。でも、その気持ちを真正面から言わないでほしい。……何処となく、照れくさいじゃないか。

「……セイディ？」

ゆっくりとフレディがセイディの名前を呼ぶ。だからこそ、セイディは「……何でも、ないです、よ」と言って目を閉じる。

「でも、フレディ様のことを信じていたことは、真実です。……ただ一つだけ、言わせていただいてもよろしいでしょうか？」

「いいよ。何でも言って」

「――そこから、どいていただけませんか？」

きっと、セイディのこの言葉は場違い感が半端ない言葉だっただろう。

けれど、思うのだ。

――こんなところでさすがに膝枕はないだろう、と。

後片付け

それからのセイディたちは諸々の後始末に追われた。

セイディが発した光の魔力はサプライズ演出ということで落ち着いた。幸いにも神殿の付近にも光の魔力がこもった粒子が降り注いでいたらしく、民たちはそれを見ていたため、ある程度納得してくれたらしい。

特に王族であるミリウスがそう宣言したのが大きいだろう。彼は面倒なことは嫌だと言って逃げようとしたものの、アシェルに引っ張られる形で表舞台に出て行くことになってしまった。あの文句がありそうなミリウスの表情は、セイディの脳内にとてもよく焼き付いている。

神官長に関しては、一旦医療施設に入院ということになった。精密検査を……ということになったのだが、彼は頑なに拒否しているらしい。というのも、神官長は大の病院嫌いだとかなんとか。何度も医療施設から逃亡しようとしている……ということを、セイディは風の噂で後から聞くことになった。なんとまぁ、子供っぽいところもあるじゃないか。

そして、今回の一番重要事項となった案件。フレディのことなのだが――……。

「いやぁ、大変だねぇ。尋問って」

「そうですよね。けれど、私の元でお茶を飲んでいらっしゃるので、そこまで大変だとは思っていらっしゃいませんよね？」

帝国の刺客であり、皇帝の腹違いの弟ということからフレディはいろいろと取り調べを受けることになったらしい。が、度々抜け出してはセイディの元を訪れてお茶を飲んでいる。傷もすっかり治ったらしく、いつもけらけらと笑っている。

その笑みは前までの何処となく不自然なものではない。心の底からの笑みにも、見えてしまった。

「……それにしても、無事に終わってよかったよね」

フレディがクッキーをつまみながら、セイディにそう言葉をかけてくる。

そのため、セイディは「……そう、ですね」と苦笑を浮かべ紅茶の入ったカップを手に持った。

『光の収穫祭』が終わって早二週間。騎士や魔法騎士たちは後片付けに追われ、セイディは代表聖女としての任務を終え、メイドに戻った。

ミリウスはセイディに成果報酬として多額の現金と様々なものをくれた。それにホクホク顔になったのは記憶に新しい。

（でも、お父様方のことは……曖昧になってしまったのよね……）

かといって、すべてが円満に解決ということにはなっていない。ミリウスが言っていた『オフラハティ子爵夫妻がマギニス帝国と癒着している』という件については曖昧なままだ。それに、帝国があれくらいであきらめるとは思えなかった。なんとなく、直感なのだが。

「そういえば、セイディ。知っているかな？」

「……何が、ですか？」

不意にフレディが真剣な表情になったので、セイディは軽く首をかしげながら彼に向き直る。すると、彼は「今度、ヴェリテ公国で大きな会議があるんだって」と言いながらウィンクを飛ばしてきた。

「……大きな会議、ですか？」

「そう。各国の重鎮……えぇっと、マギニス帝国とか、ヴェリテ公国とか。あと、うちとか。それから……ルクレチアとかローズティアとかも来ると思うよ」

フレディは天井を見上げながらそんなことを教えてくれる。彼が述べた国の名前は世界でもかなりの発言権を持つ国々である。マギニス帝国やヴェリテ公国はもちろん、実はリア王国もそこそこの発言権を持っているのだ。ルクレチア魔導国やローズティア王国についても、セイディはそこそこ知っている。それくらい、有名な国ばかりだった。

「知っているかはわからないけれど、何年かに一回ヴェリテ公国で世界会議が開かれるんだよ。……来年がその年なんだ」

そこまで言ってフレディは紅茶の入ったカップを口に運ぶ。その後「多分、リア王国からはミリウス殿下が行くんだろうねぇ」と世間話の一環のように話してくれた。

「……はぁ」

しかし、その情報をセイディが使うことは一生ないだろう。

一瞬だけそう思ったが、ミリウスがいなくなるということはこの王国の戦力が圧倒的に少なくなるということでもある。

マギニス帝国に狙われている以上、ミリウスがこの王国からいなくなるのはある意味相当な痛手かもしれない。

「まぁ、陛下が一応帝国の方にいろいろと文書を出しているみたいだし、何とかなるんじゃないかなぁ」

「……楽観的、ですね」

「まぁね。僕も話せることは全部話したしね。皇帝陛下にはなんだかんだ言っても……うん」

「どう、なさいましたか？」

突然言葉を切ったフレディのことを怪訝に思えば、彼は誤魔化すように笑って「ううん、何でもないよ」と言ってきた。

そのフレディの言葉は、何となくだが引っ掛かる。しかし、セイディはそれを問うことはなかった。

というのも、時計の針はそろそろ休憩時間の終わりを示しているからだ。

もうすぐ洗濯が終わるので、出来ればそちらに行きたい。早めに干しておかないと、しっかりと乾いてくれないのだ。最近寒くなってきたので、そういう点ではあまり冬は好きではないかもしれない。

「僕はミリウス殿下に多大なる恩があるからね。……これからは、皇帝陛下じゃなくて殿下に尽くすことにしたんだ」

フレディはそう言ってにっこりと笑う。

どうやらフレディは宮廷魔法使いに戻ることが出来たらしい。それは、ミリウスがいろいろと手を回してくれたためだとセイディは聞いている。とはいっても、前までのような権力はないらしいが。

「……さようでございますか」

フレディの言葉に適当に返事をして、セイディは立ち上がる。

そんなセイディを見つめながら、フレディは「セイディにも、尽くしてもいいよ？」と言葉をかけてきた。

絶世の美貌の青年に、尽くしてもいいと言われるのは女性にとってあこがれのシチュエーションかもしれない。けれど、セイディからすればそれはどうでもいいことだった。

「では、後片付けの方をお願いします」

だから、そんな返事をして空になったカップとお皿を指さす。

そうすれば、フレディは「……え～」と文句を言いたそうな表情になった。

ちなみに、これはセイディなりの冗談である。完全な冗談である。決して本気ではない。……多分。

「冗談ですよ」

少しだけ表情を緩めてそう言えば、彼は「そういうところ……好きだよ」とセイディに告げてくる。

「……そういう冗談は、よした方が良いかと」

「え～、本気なのにぃ～」

「この間嘘だっておっしゃっていましたよね？」

「昔は昔。今は本気で好きなの」

真面目な表情でフレディはそう言う。が、セイディからすれば――。

（冗談の方が、楽なのよ）

今は、冗談にしてしまった方が楽なのだ。

そう思う気持ちが、強かった。

そんなこんなをしていると、不意に開いた窓から風が入ってくる。その風はセイディとフレディの髪を揺らす。

（あぁ、寒いわ）

しかし、この季節の風は冷え切っている。そう思いながらセイディが窓の方に近づいた時だった。

「……あ」

ふわりとした、美しい漆黒色の髪が見えたような気がした。その髪の持ち主は何の表情も宿していないような目でセイディのことをまっすぐに見つめていたような気がする。

「――セイディ・オフラハティ」

その誰かはセイディの名前を呼ぶ。

「これ以上僕の邪魔をするんだったら――」

――それ相応の、報いを受けてもらうから。

ほんの少しの敵意をにじませた声。その声を聞いた時、セイディは察した。

（……あれが、ブラッドリー・バレット・マギニス、さま）

多分魔法か何かの一種だったのだろう。でも、生憎と言っていいのかセイディはそれくらいで怯むようなやわな精神を持ち合わせていない。

（あちらがそのつもりならば、私も宣戦布告してやろうじゃない）
だからこそ窓から空を見上げて、セイディは内心で叫んだ。
（貴方たちの思い通りには、なりませんから！）
と。
その心の中の叫びに反応するように、強い風が吹き荒れていた。

書き下ろし

聖女様と呼ばれるのは今日で最後

王宮で与えられた部屋の窓から外の景色を見つめる。

少し汚れてしまった聖女の衣装から、真新しい衣装に着替えセイディはぼんやりと街の景色を眺めていた。

（……本当に、終わったのね）

そう思いほっと息を吐くものの、まだ最後の大仕事が残っている。

それこそ、集大成となるパレードだ。

だからこそ、セイディは大きく息を吸ったのち、吐く。

「……これで、おしまい」

ぼそっとそう言葉をこぼし、感傷に浸ってしまう。こんなのは自分ではないと思いながらも、セイディはため息をこぼした。

このため息には誰も反応しないはずだった。なのに、後ろから「そうだな」という声が聞こえてきた。

それに驚いて慌てて声の方向に視線を向ければ、そこにはミリウスがいた。扉の近くにはジャックがおり、どうやら二人はセイディの様子を見にきたらしい。

……セイディは全くと言っていいほど、気がつかなかったが。

「お前があんまりにも真剣に外を見つめているからさ。声かけられなかったわけだ」

けらけらと声を上げて笑いながらミリウスがそういうので、セイディは眉を顰める。つまり、彼らは先ほどまでの感傷に浸っていたセイディの様子を観察していたということなのだから。

そう思い顔を露骨に歪めていれば、扉の近くの壁にもたれかかっていたジャックが「別に、変な顔はしていなかったぞ」と言葉をくれた。

「……そういう問題じゃ、ありませんよ」

ゆるゆると首を横に振りながらそう言えば、ミリウスは「別にいいだろ、減るもんじゃないし」と言ってくる。

確かにそれは減るものではないだろう。それは、正しい。

「ですが、私としては……その、少し感傷に浸っていたといいますか、神妙な面持ちをしていたような気が、しまして」

「それがどうしたんだ?」

「なんていうか、恥ずかしいじゃないですか」

そっと視線を逸らしてそう言えば、ミリウスは「別にそれは恥ずかしがる必要ないだろ」と言ってくる。

「そもそも、神妙な面持ちが恥ずかしいなんて言う頓珍漢はお前しかいねぇ」

「ひどいですね」

ミリウスの言葉にムッとしてそう返せば、遠くからジャックの「殿下はいつだってひどいぞ」という声が聞こえてくる。

「殿下はいつだってひどい。それくらい、お前だってわかっているだろう?」

腕を組みながらジャックがそう言うので、セイディは頷いておいた。実際、ミリウスはひどい人物だ。

　人の気持ちに易々と入り込むくせに、自分の弱点は絶対にさらけ出さない。そういうところが、どうしようもなく苦手だ。

「……お前ら、俺のことをひどいひどいと言うな」

「真実を述べているだけでしょう。……あと、そろそろ行くぞ」

　ジャックがそう声をかけてくるので、セイディは頷く。部屋にかかっている壁掛け時計を見れば、最初のパレードが始まる三十分前だ。もうそろそろ移動した方がいいのは目に見えている。

　そのため、セイディはゆっくりと足を進める。

　いつの間にか移動していたらしく、ミリウスとジャックが扉の前で待っている。

　そんな彼らの様子を何処となく他人事のように考えながら——セイディは笑った。

「行きましょうか」

　そう声をかければ、ミリウスの「おぉ」というような返事と、ジャックの「わかっている」という返事が耳に届いた。

（……正反対、なのにね）

　二人は正反対だ。それは誰にだってわかること。でも、だからこそ仲が良い。

　……まぁ、ジャックにそう言えば全力で否定するのだろうが。ミリウスの反応は正直なところ読めない。

「じゃあ、行くぞ——」

「あんまり遅いと置いていくからな――」

――聖女様。

ミリウスとジャックのその言葉に静かに頷いて、セイディは堂々と歩いて部屋を出ていった。

パレードは神殿巡りとは違って大々的に行われる。神殿巡りは厳粛な空気の中行われるものだが、その分と言っていいのかはっちゃけるのがパレードだ。

大人たちは酒を片手にパレードを見つめ、子供たちだってはしゃいで走り回る。露店も最後の追い込みとばかりに売り上げを伸ばそうと客引きに力を入れる。

そんな空気が、セイディは今まであまり好きではなかった。

(だって、私ってはしゃぐっていうタイプじゃなかったものね)

でも、今はなんとなくこの空気が好きだ。それはきっと、新しい出逢いをたくさんしたから。そう思える。

王宮を出ればそこにはリオがいた。彼はセイディを見つけるとにっこりと笑ってくれる。その後「ご苦労様」と労ってくれた。

けれど、まだ最後の大仕事がある。そういう意味を込めて真剣な眼差しで彼のことを見つめれば、彼は肩をすくめながら「本当に真面目ねぇ」と言いながら笑う。

「……まだ、気が抜けませんから」

アーネストやジョシュアの脅威は去った。しかし、最後まで気を引き締めていく。それがセイディのモットーなのだ。

それをわかってくれているからなのか、リオは「もう少し、気を抜いてもいいのに」と言った後、「行くわよ」と言って歩き出す。

パレードの間も騎士や魔法騎士たちが護衛としてセイディの側につく。例年ならば神殿巡りのときと同じく騎士団長と魔法騎士団長……つまりミリウスとジャックがつくのだが、二人は少し前の戦闘で疲弊していたため、急遽別の人間がつくことになったのだ。

前を歩くリオに続いて馬車に乗り込む。この馬車でパレードの会場まで移動し、そこでパレード専用の馬車に乗り換えるのだ。

そんなことを考えていれば、不意にリオが「……貴女って本当にトラブルメーカーみたいなものよね」と言いながら笑う。

「……そうですか？」

自分にはそんな自覚はないのだけれど。

そう思いながら小首を傾げていれば、リオは「そうに決まっているじゃない」と言いながらくすくすと笑う。

「まさか、クリストバル様まで巻き込んじゃうなんてね」

彼が肩をすくめながらそう言うので、セイディは「巻き込んだつもりは……」と返答する。

セイディにはクリストバルを巻き込んだつもりは一切ない。むしろ、あちらから首を突っ込んできた……というイメージだ。もちろん、助かったのでぐちぐちと文句を言うつもりは一切ない。それに、彼に文句を言えるような身分でもない。

「まぁ、どっちでもいいわ。……とりあえず、第一会場までは私が一緒にいるから」

「はい」

パレードは第四会場まである。セイディにはそれぞれの会場で護衛として別々の騎士や魔法騎士がつくことになっていた。

それはある意味ありがたいような、ありがたくないような。不思議な感覚だが、彼らの集中力も関係しているのだろう。あまり長々と警戒していると、集中力が切れてしまうという意味合いがあるはずだ。

「……あの、リオ、さん」

なんとなく思うことがあったので、セイディはリオにそう声をかけてみる。すると彼は「どうしたの？」と笑みを浮かべながら言葉を返してくれる。

「……ありがとう、ございました」

そんな彼を見ていると、口からは自然とそんなお礼の言葉が出た。ペコリと軽く会釈をしてそう言う。

その言葉が予想外だったのか、リオは「……どうしたのよ、改まって」と言いながら頬杖をつく。窓から入ってくる街灯の明かりに照らされた彼の顔はすごく綺麗だ。……見惚れてしまいそうなほどに。

「いえ、なんだか色々とご迷惑をかけてしまったような気がして……」

ゆるゆると首を横に振りながらそう言えば、彼は「今更じゃない」と言いながらも口元を緩めていた。

「私と貴女の仲なんだから、そんな一々畏まらなくてもいいわ。ほら、私たち友人じゃない」

「……そう、ですね」

リオのいつも通りのその言葉に、セイディはほっと息を吐いて安心する。そうすれば、彼は「ま、今回ばかりは流石の私も精神的に疲れちゃったけれどね」と言いながら足を組み直す。

「本当に帝国の人間って、ろくでもない輩が多いのねぇ」

「……多分ですが、帝国の人々が全員そういうわけではないと思いますよ」

リオの言葉にそう返答すれば、彼は「わかっているわよ、それくらい」と言いながら笑みを浮かべる。

「ただ、本当に気に食わないの、あのアーネストとかいう輩」

リオはそう言いながら窓の外に視線を向ける。そろそろ民たちが待つ第一の会場にたどり着くはずだ。

（アーネスト様にも色々な事情があるみたいだけれど……ね）

そう思っても、彼らのやっていることが許せるかと問われれば、答えは間違いなく否となる。そう思いながらも、セイディは何も言わない。

リオはアーネストへの文句を次々に口にする。

……どうやら、アーネストはリオの嫌いなタイプに当てはまってしまったらしい。

「さぁて、ぐちぐちいっていても埒なんて明かないわね。……行きましょうか」

パレード専用の馬車が止まっているのが見えると、リオがセイディに対して手を差し出してくる。

「さぁ、行きましょうか、目が離せない――」

――聖女様。

その言葉にセイディはそっと頷いて、馬車の外に足を踏み出した。

そして、パレード専用の馬車に乗り込み、馬車が走り出す。そうすれば、セイディの登場を待ちわびていた民たちがわぁっと歓声を上げる。その歓声に応えながら、セイディはリオから視線を民たちに向けた。

「……本当に」

小さくつぶやかれたその声は、セイディの耳にもしっかりと届いていた。でも、そちらに視線を向けることはしない。

「本当の本当に――」

――目が、離せない子なんだから。

リオが小さく呟いたその言葉は、風に乗ってセイディの耳にもしっかりと届いた。

第一会場でのパレードが終わったら、素早く第二会場へと移動しなければならない。

そのため、セイディがパレード用の馬車から移動用の馬車に移動すれば、馬車の中から「セイディ！」と知っている人物の声が聞こえてきた。この声は、リオのものではない。

「……リアム、様」

そちらに視線を向けて肩をすくめれば、その人物――リアムはにっこりと笑う。

その笑みはとても綺麗なものであり、心の底からの笑みにも見えてしまう。歪さはこれっぽっちも見えない。

「今日のセイディはいつも以上に上品だね。……そういうところ、俺すごく好きなんだ」

「お褒めくださりありがとうございます」

リアムの言葉に端的に礼を述べ、会釈だけをすれば彼は「相変わらず、つれないねぇ」と言いながらも笑う。

彼は以前よりもほんの少し明るくなっただろうか。チャラい言動は全く変わっていないが、その表情は何処となくだが憑き物が落ちたようなものだ。

……何かの要因が、彼を変えたのだろう。

(なんて、私にはこれっぽっちも関係のないことだわ)

移動用の馬車が走り出すと、リアムは「……あのさ」とゆっくりと声をかけてくる。その声に合わせて彼に視線を向ければ、彼は「いろいろと、大変だったみたいだね」と言いながら苦笑を浮かべる。

「団長から聞いたよ、帝国の刺客たちとやり合ったんだってね」

「……まぁ、それは正しいですね」

実際ジャックやミリウスは帝国からの刺客であるアーネストやジョシュアと戦闘している。彼はそういう意味で言っているのだろう。

それがわかるからこそ、セイディはそっと目を伏せてしまう。……結局、自分はあの場で役に立てたのだろうか。一抹の不安が脳裏をよぎっていれば、不意にリアムは「……お疲れ様」と言葉をくれた。

「いえ、まだパレードがありますし、何よりも私よりも……」

「でも、セイディだって頑張ったじゃない」

労いの言葉を辞退しようとするセイディに対し、リアムは満面の笑みでそう言う。その姿に、なんとなくだが彼のことを見直した……ような気がした。

「疲れているみたいだし、今くらいは寛いでいてもいいいんじゃないかな？」

その後、リアムは輝かんばかりの笑みを浮かべて、そう伝えてくる。その笑みがとても眩しく見えてしまって、セイディはそっと視線を逸らす。

……美形とは見ているだけでも目がおかしくなる効力でも持っているのだろうか？

内心でそう零しながらも「パレードが終わり次第、寛いで休みますのでご心配なく」と答える。

「いやいや、今くらいは……」

「リアム様といるのに、寛げませんよ」

口元を緩めながらそういえば、彼は「俺のこと、意識してくれているっていうことかな？」と嬉しそうな声音で、真剣な面持ちで問いかけてくる。

……上げて落とすようで悪いが、全くそんなことはない。

「いえ、やはりまだ少々苦手なので……」

以前よりも苦手意識は薄れたとはいえ、まだほんのちょっぴり苦手だ。特に、その軽い言動がどうしようもなく苦手だ。

内心でそう付け足してリアムを見つめれば、彼は「ちぇ」と小さく呟く。なのに、その表情は素晴らしいほどに美しい笑みだ。

「でも、少々が付くって言うことは、だいぶ苦手意識は薄れてきたっていうことだよね？」

どうやら、彼はこういう面ではとんでもなくポジティブらしい。それを実感しながらセイディは「それは、正しいと思いますよ」と言いながら聖女の衣装を軽く叩く。

先ほど少し土がついてしまったような気がしたのだ。それは気のせいではなかったらしく、衣装の裾にはほんの少しだけ土がついていた。

「俺はね、今はセイディがそう言ってくれるだけで十分だよ」

「……さようでございますか」

だからなんだと言うのだろうか。そう思うものの、セイディが発した声は自分でも驚くほどに優しいものだった。

「俺は、セイディのことが大好きだよ。……何事にも真剣に取り組んで、強くて美しい。しかも、最強で」

「……かいかぶりすぎ、ですよ」

「ううん、俺は本気でそう思っているんだよ。……どうしようもないほど、大好きなんだよ。俺の

――」

――聖女様。

その言葉に、セイディは柄にもなく顔を真っ赤にしてしまった。

なんだろうか、普段軽い人が本気で告白してくると、こんなにも衝撃があるのか。そう思いながら、セイディは微かに熱を持つ頬を押さえる。

そうすれば、第二会場にたどり着く。リアムへの様々な感情をねじ伏せながら、セイディはリアムにエスコートされつつパレード用の馬車に移動した。


（これで半分、か）

第二会場でのパレードを終え、セイディはそっと目を伏せる。

王都を四つにわけ、順番に回っていくというのは予想外に疲れるものだ。しかし、例年この形式で行われていることもあり、セイディとて文句を言うつもりは一切ない。

その後、セイディは第三会場に向かうために用意された馬車に乗り込もうとする。

そうすれば、中から「セイディさん！」とまだ少し高めの声が聞こえてきた。それに驚いてそちらに視線を向ければ、そこには綺麗な笑みを浮かべたクリストファーがいた。……彼は、今日は一人のようだ。

「本日はお一人なのですね」

馬車に乗り込み、セイディが椅子に腰掛ければクリストファーは「はい」と真剣な面持ちで頷く。

その表情はどことなくキリッとしたもののようにも見える。とはいっても、まだ少し顔立ちが幼いのでそこまで格好はつかないのだが。

「僕もそろそろ新米は卒業しなくちゃですから」

「……そういえば、もうすぐしたら募集の時期でしたっけ」

騎士団や魔法騎士団は冬に新入りの募集をかける。そのまま冬に面接や試験などを行い、春になると満を持して合格者が騎士や魔法騎士となるのだ。

セイディが騎士団の寄宿舎にやってきたのは夏まっただ中だったので、試験などについては一切わからないのだが。

「僕やオーティス、ルディも先輩になるんだなぁって、思いまして。余計にしっかりしなくちゃって……」

苦笑を浮かべながらそういうクリストファーはやはりとても可愛らしい。だからこそ、セイディは「頑張ってくださいね」と笑みを浮かべて言う。純粋な応援だった。

馬車が走る。第二会場から第三会場への道のりはほんの少し長いものの、通る道は人通りの多い安全地帯がメインだ。そのため、クリストファーはこの経路を任されたのだろう。

「……あの、セイディ、さん」

セイディがゆったりとしていれば、不意にクリストファーが声をかけてくる。なので「どうかなさいましたか？」と声をかければ、彼は真剣な面持ちになる。そして「……僕、やっぱりあきらめませんから」とセイディの目を見てまっすぐに伝えてくる。

「……あきらめないって」

「僕、やっぱりセイディさんのことが好きです」

まっすぐにその目を見つめて、そう言われる。

その所為なのだろうか、セイディはなんとなくだが変な気持ちに陥ってしまっていた。

（あの時よりも、すごく成長されているような、気が……）

クリストファーがセイディに告白してきたのは、ほんの少し前だというのに。あの頃よりも頼もしく感じてしまうのは気のせいなのだろうか。いや、きっと気のせいじゃない。事実、彼はとても頼もしくなっている。その目に強い意志が宿っている。

一人でそう思いながらクリストファーの目を見つめていれば、彼は「だ、だから……その」と言いながら俯いてしまう。その頬は真っ赤に染まっていた。

「僕、いつかは副団長みたいな立派でかっこいい騎士になります。……その時に、またこうやって護衛をさせてくれますか？」

それは、セイディが決めるようなことではないだろう。そもそも、その頃にセイディがここにいるとは限らないし、護衛が必要な身分になるとも思えない。でも、これはいわば彼の決意なのだ。

……変に遮ってしまうことは、憚られた。

「……そうですね、その時は」

そう言ってにっこりと笑えば、彼は「はい！」と言って満面の笑みを浮かべてくれる。その返事もとても元気のいいものだ。

「……僕、セイディさんのことが大好きです」

「そう、ですか」

「メイドのセイディさんも、聖女のセイディさんも。貴女の何もかもが好きです」

ほんの少し視線を下に向けていたものの、クリストファーは意を決したようにセイディの目をまっすぐに見つめてくる。その後、ゆっくりと口を開いた。

「どうか、僕の成長を見守っていてください――」

――聖女様。

その言葉に、セイディは何も言わずに頷いた。

彼の決意。彼の想い。全てを受け止めることは難しいとわかっている。

だけど、だからといって。

(無下にも、できないのよ)

心の中でそう零し、セイディはそっと息を呑んだ。


第三会場でのパレードを終え、最終となる第四会場へと移動する馬車に乗り込むと、そこには予想通りというべきかアシェルがいた。

彼は身体こそ馬車の中で寛いでいるようだが、その眼光は鋭い。第四会場までの道のりは人通りが少なくかなり危ないと聞く。そのため、彼は警戒心を最大まで高めているのだろう。

「お疲れ、セイディ」

「……はい」

セイディが乗り込んできたことに気がついてか、アシェルがその眼光を少しだけ柔らかくする。そして、声をかけてくれた。その次に労いの言葉をかけてもらい、セイディが椅子に腰掛けると馬車はゆっくりと走り出す。

「ここら辺は少し危ないからな。……注意しておけよ」

「承知しております」

アシェルの言葉に静かに頷き、セイディはそっと視線を馬車の窓の外に向けた。

窓の外はまだまだ賑わっているものの、なんとなく寂しそうな雰囲気だ。やはり、お祭りの終わりとはこういう寂しい雰囲気が伴うものなのか。そう思ってしまう。

（それに、今回はかなり重要なポジションにいた。……それも、関係しているのよね）

そう思いながらセイディがその真っ赤な目を伏せれば、不意にアシェルが「なぁ」と声をかけてくる。だからこそ、彼に視線を向けた。

「聖女の衣装の裾に、土がついているぞ」

彼はいつも通りというべきかお小言を飛ばしてくる。それに「うっ……」となりながらも、セイディは土をはたく。

大体はたけたと思っていたが、どうやらまだ残っていたらしい。

土をはたいていれば、その綺麗な髪の毛にアシェルの手が触れる。それに驚いてびくっと身体を跳ねさせれば、アシェルは何でもない様子で「髪の毛も乱れているぞ」とそれとなく注意をしてきた。……そりゃあ、先ほどまで外にいたのだから少しくらい乱れるだろう。

「……風、でしょうか？」

「そうだろうな」

今日はそこそこ風が強い。それがわかっているのならば、一々お小言を飛ばさなくてもいいのに。そう思うが、アシェルは「身だしなみはしっかりとしておけ」とお小言を続ける。……この期に及んでお小言が続くのか。

「……とはいっても、今日はこれくらいにしておいてやる」

が、アシェルもどうやらセイディが疲れ果てていることには気がついていたらしい。苦笑を浮かべながらそう言ってくれた。

……ただし、今日はと言うことは今後はまたお小言があると言うことなのだ、それに気がつきセイディは身体から血の気が引くような感覚に襲われる。

（アシェル様のお小言……というか、説教は長いのよー！）

あれはお小言を通り越して説教だ。そんなことを考えながらセイディが項垂れていれば、目の前の彼は「冗談だ」とあっさりとした声音でそう言葉を発する。

「……え？」

「だから、さっきのは冗談だ」

アシェルはそういうと、自身の騎士服を整える。そんな彼の姿はこれでもかと言うほど輝いていた。

さすがは王国の美貌の一族の令息というべきか。そもそも、美形はどんな格好をしていても美形だ。……なんという、顔面格差社会。

「今回の『光の収穫祭』はお前の力があったからこそ、成功したと思っている」

「……そんな、大袈裟ですよ」

「いいや、それで間違いないんだ。だから、お小言は免除しておいてやる」

「……ありがとう、ございます」

正直なところ、褒められるのも嬉しいがお小言免除の方がもっと嬉しい。内心で不謹慎なことを思いながら、セイディが苦笑を浮かべていれば、アシェルは「お前は、俺にとって妹みたいなものだからな」と言葉を発する。

「妹、ですか？」

「あぁ、そうだ」

なんというかまぁ、アシェルの妹分にしては容姿が釣り合わないような……と思いながらも、セイディはそっと笑って「ありがとうございます」と礼を告げる。

妹分ということは、これ以上ないほどに可愛がってくれているということなのだろう。それを悟りセイディが礼を告げれば、アシェルは「本当に世話の焼ける妹分だけれどな」と言いながらも口元を緩める。

「せ、世話が、焼ける……」

「そうだろ。身だしなみは最低限だし、仕事に集中すると他のことが見えない。融通はあんまり利かないし、頑固だし」

……何も、そこまで言わなくてもいいだろう。そんなことを考えてしまうセイディをよそに、アシェルは「でもな」と言葉を続けた。

「そういうところが、可愛らしいって思うんだよ、俺は。なぁ——」

——聖女様。

綺麗な笑みを浮かべたアシェルにそう言われた瞬間、セイディの頬に熱が溜まっていく。……美形に褒められて、セイディのほんのちょっぴりとしかない乙女心に火がつく……わけもなく。

セイディは内心で「後が怖い！」と思うことしかできなかった。

第四会場でのパレードもほぼ終わりを迎えれば、王国は徐々に静かになっていく。何となくしんみりとした空気が漂ってきて、セイディはほっと息を吐いた。

（……これで、おしまいね）

これで自分の代表聖女としての日々も終わり。一日の休暇を挟み、明後日からはまたメイドの仕事に戻ることになっている。……ちなみに、休暇はいらないといったもののミリウスにごり押しされてしまったのだ。

夜も更け、静かになる王国内に一抹の寂しさを覚えていれば、不意に耳元で「セイディ」と声が聞こえてきた。それに驚いて周囲を見渡すものの、近くには誰もいない。……気のせい、だろうか？

「ははは、気のせいじゃないよ」

「……フレディ様」

小さく彼の名前を呼べば、彼は「魔法でね、声だけそっちに飛ばしているんだ」と言いながらけらけらと笑う。

「僕もパレード見たかったんだけれどねぇ。療養とかいろいろあって見れなくてさぁ……」

「……いや、そんなこと気にしている場合ですか？」

小さく言葉を呟けば、フレディは「聞こえているからね」と言いながらも笑っていた。

「セイディ、ありがとう」

不意に真剣な声音で礼を告げられた。それに驚いて目を見開けば、彼は「……皇帝陛下のたくらみを、一度は止めてくれたことに対するお礼だよ」と言う。……何となく、肩をすくめた彼の姿が脳裏に浮かんだ。

「まぁ、まだまだ終わらないだろうけれど……キミだったら、きっと大丈夫だ」

「……何ですか、それ」

それは一体どういう信頼なのだ。そう思い眉を顰めれば、彼は「皇帝陛下はまだまだこの王国をあきらめていないだろうからね」としんみりとしたような声で言う。

「でも、セイディがいてくれれば大丈夫。……少なくとも、僕はそう思うよ」

その声音はとても優しいものだ。それに驚いていれば、不意に民たちの「おい、光だ！」というような声が耳に入った。それに驚いて空を見上げれば……きれいな光の粒子が降ってくる。

その光の粒子から感じる微かな魔力。……フレディのものだ。

「……フレディ様」

もう一度彼の名前を呼べば、彼は「サプライズだよ」と言う。

「そんなことをする暇があるのならば、しっかり療養してください」

誰にも聞こえない程度の音量でそう言えば、フレディは「本当につれないよね」と言葉を発する。

「僕のせっかくのサプライズ、喜んでくれてもいいじゃない」

多分今の彼は唇を尖らせているだろう。そんな彼の様子を思い浮かべながらも、セイディは「魔力の無駄遣い……」と小さく言葉を零してしまう。

「ははっ、そうかもね」

フレディはその言葉に怒ることなく認めた。そんなとき、不意に目の前にフレディの姿が浮かび上がった。それに驚いて目を見開けば、彼は「ははは、魔法魔法」と言いながらニコニコと笑う。

「この姿はセイディにしか見えないからね。……ほかの輩に気が付かれる心配はないよ」

「……本当に、悪用しきっていますね」

民たちは光の粒子に意識を持っていかれているので、多少セイディがおかしなことをしても気が付かないはずだ。そう思いながらも頬を引きつらせていれば、彼は「……ねぇ、セイディ」と言いながら首をかしげる。

「僕ね、キミのこと、本当に好きになっちゃったよ」

「……フレディ様」

「たくましくて、強くて、何よりも人を想う。……そんなセイディが、好き」

しんみりとした空気の中、セイディの耳にしっかりとその言葉が届いてくる。それに驚いて足を一歩後ろに引けば、フレディの姿はセイディの方に近づいてきた。

「たくましい聖女様だ」

「……何ですか、それ」

「ははっ、ちょっと言ってみたくなっちゃってさ」

けらけらと笑いながら彼はそういう。そうすれば、その瞬間大量の光の粒子が降り注ぐ。……それをセイディもぼんやりと見つめていれば、フレディは言う。

「――キミがいれば、きっと大丈夫だよ。ねぇ――」

――聖女様。

ゆったりとした声でそう呟かれ、セイディはそっと目を閉じた。

きっと、この光景は何があっても一生忘れないはずだ。そんな気持ちを強めながら、セイディは――少しだけ表情を緩めた。

書き下ろし

魔法騎士団長ジャックの自覚（ジャック視点）

その日、魔法騎士団の団長であるジャック・メルヴィルは王宮で開かれる会議に出ていた。『光の収穫祭』が無事閉幕し後片付けも終わりつつある今、王国で役職を持つ人間たちが報告会を開いているのだ。例年開かれることとはいえ、今年は余計な議題が多くいつも以上に長引いてしまった。

(長かったな)

ようやく終わったかと肩を回していれば、隣の椅子に腰かける人物に「なぁ」と声をかけられた。そのため、ジャックは「……どうしました」と返事をする。

「長かったな。面倒だった」

「……いや、殿下半分聞き流していましたよね?」

ペンをくるくると回しながら文句がありそうな表情を浮かべる騎士団長のミリウスに対し、ジャックはいつも通りに小言をぶつける。彼とジャックは世にいう昔馴染みという奴だ。公爵家の令息と王族。切っても切れない縁で繋がっている。ジャック自身はぜひとも縁を切りたいと願ってやまない。この自由人とは一生かけてもなれ合えないだろうから。

「けどさぁ、ここに座っているだけでも大変なんだよ」

「それは聞き流していたことを認めることになりますけれど?」

ミリウスが椅子でくるくると回っているのを見つめながら、ジャックは手元の資料をまとめていく。綺麗にファイリングされた資料を戻していると、ミリウスは「おー、生真面目」と茶化してくる。ちなみに、彼の手元にある資料は乱雑にファイルに詰め込まれている。アシェルが度々直しているようだが、ミリウスの性格上そのまま適当に突っ込むのだろう。手に取るようにわかる。

「こんなんだと、アシェルの苦労が手に取るようにわかるな……」

「そりゃあ、お前ら同類だし」

けらけらと笑いながらそう言うミリウスに対し、内心で「同類になったのは殿下の所為でしょう」と呟く。が、口には出さない。口に出せば面倒なことになるためだ。

この男はこんな適当な性格でありながら、騎士団で団長を務めている上に王弟なのだ。つまり、国王と王太子の次に偉い存在。全く、どうしてこんな男が……と思う半面、彼の野心のなさには救われている部分がある。ミリウスが本気を出せば、王国を乗っ取ることさえ容易いのだろう。それほどまでの力が、彼にはある。

「なぁなぁ、ジャック〜」

「何ですか。俺はこの後仕事が溜まっているんですけれど」

『光の収穫祭』の開催期間に中断していた仕事をやらなければ。そう思うと、今は一分一秒が惜しい。そういう意味を込めてミリウスに視線を向ければ、彼は頬杖を突きながら「お前、今度見合いするだろ？」と何の前触れもなく告げてきた。

「……あのですねぇ、その情報は一体どこから……」

「お前の母親」

「ったく、本当にあの人は……」

ジャックの母親であるメルヴィル公爵夫人はどちらかと言えばミリウスのようなタイプだ。逆に父親であるメルヴィル公爵はジャックとそっくりな生真面目なタイプである。そんな二人だが、仲睦まじくやっているのは何故なのだろうか。昔からジャックはそう思い続けている。

「でなでな、俺、頼まれたわけだ」

「……何をですか」

「お前の見合いの失敗が片手を超えたから、成功させてやってくれって」

それは完全に余計なお世話だ。そう思いミリウスをにらみつければ、彼は「文句はお前の母親に言え」と言いながら椅子でくるくる回るのを再開する。しかし、すぐに気分が悪くなったらしく「うぇ」とうなっていた。……バカなのか？　そう思ってしまったジャックは悪くないだろう。

「ところで、成功させるってどうするんですか」

呆れたように一応ミリウスにそう問えば、彼は「うぇ」と言った後に「練習相手、貸すわ」と言ってジャックを見上げてくる。

「はぁ？」

「だから、セイディ貸してやるから見合いの練習という名のデートでもしてこいってば」

それは本人がいないうちに決めていいものなのか？　そんな風に思うが、それ以上に。

「……どうして、そこなんだ」

ミリウスならば多数のコネがある。どうしてよりによって騎士団のメイドであるセイディなんだ。そういう意味を込めて彼をにらみつければ、彼は「だってお前、懐いてるし」と言ってきた。

「懐いてない！」

「いやいやいや、懐いてるってば。それに、お前の女性克服の練習に付き合うって約束してくれていただろ？」

その情報は一体どこから……あぁ、母親か。あの人に言ってしまったのが間違いだった。瞬時にそこまで理解し後悔するものの、ジャックは「ですが、殿下は関係ないでしょう」と言って部屋を立ち去ろうとする。

「っていうか、セイディの雇用主、俺なんだけれど？」

「だったら、何だっていうんですか」

「人のところの従業員を使う際は許可を取れっていうこと」

確かにそれは一理ある。が、相手がミリウスである以上素直に認めるのはなんだか癪だ。そんなことを思って振り向かずにその場に立ち尽くしていれば、彼は「まぁ、今回は見逃してやる」と何ともまぁ上から目線の言葉を投げかけてきた。

「今回だけは許容しておいてやる。まぁ、せいぜい楽しんでこいよ～」

顔だけミリウスの方を振り返れば、彼は手をひらひらと振っていた。その後、また椅子でくるくる回って「うぇ」と言っていた。……バカなのか？　本日二度目のそんな感想を抱きながら、ジャックは部屋を後にした。


それから数日後の昼過ぎ。シンプルな私服に身を包んだジャックは寄宿舎前の広場にいた。

腕時計を見れば約束の時間の十五分前である。早く来すぎたか。内心でそう思い舌打ちしそうになるが、これは完全に自業自得なのだ。そう思いなおし、ジャックは頭を掻く。

（ったく、殿下も……）

あの後ミリウスは勝手にセイディのスケジュールをジャックのものとすり合わせ、休みを合わせた。とはいっても、午後からの半休しか合わなかったのだが。どうにもこの日セイディは買い出しに出向くことになっていたらしく、午前中はどうしても休みが取れなかったそうだ。

（何もそんな日に付き合わせなくてもいいじゃないか……）

セイディだって、疲れているだろうに。そう思いながら額を押さえていれば、不意に「ジャック様」と後ろから声をかけられた。それに驚いてそちらに視線を向ければ、そこにはほかでもないセイディがいた。彼女は水色のワンピースに身を包んでおり、いつもよりも何処となく可愛らしいだろうか。

（って、俺は何を思っているんだ。……これは練習だろ）

そう思いながらジャックが黙り込んでいれば、セイディは「遅れて申し訳ございません」と言ってぺこりと頭を下げる。

しかし、時計の針が指しているのは約束の時間の十分前である。明らかにジャックが早く来すぎただけだ。それを実感し、ジャックは「いや、構わない」とだけ言って歩き出す。

その後ろをちょこちょことセイディがついてくる。それを見て、少しだけ歩くスピードを落とした。セイディを魔法騎士たちと同じように考えてはいけない。彼女は女性なのだから。そう思いジャックが歩くスピードを落とせば、セイディが隣に並ぶ。

「……悪いな」

少し歩いて王都の街に向かう最中。不意にジャックはセイディにそう声をかけた。彼女だってやりたいことがあっただろうに。ミリウスの突拍子もない提案に付き合ってくれているのだ。感謝してもしきれない。

「いえ、ミリウス様の突拍子もない提案は今更ですし」

「……それもそうだな」

「それに、以前約束しましたから」

どうやら、セイディはジャックとした約束を覚えていてくれたらしい。それに何処となく心が温かくなりながら、ジャックは「まず、何処に行く」とセイディに声をかけた。

ミリウスにはデートプランくらい決めておけ。そんなんだから気が利かないんだ。そんな言葉を散々浴びせられたが（多分普段の小言の仕返し）、ジャックからすれば相手の意思を尊重するのが大切だと思っている。

（つまらないところに連れていっても、退屈なだけだろうしな。相手の好きなところに行く方が良い）

そう思ってジャックがセイディにそう言えば、彼女は少し考えたのち「……実は、欲しいものがありまして」とおずおずと手を挙げて言う。

「なので、それが買えるところにとりあえず行きたいなぁと」

肩をすくめながらそう言うので、ジャックは「わかった」と返答する。この場合、何処に連れていかれるのだろうか。普通の女性ならば宝石店や服屋などに行きたいというのだろうか。それとも、アクセサリーショップだろうか。……何となく、自分では場違いな気がする。そう思ってしまえば、セイディは「本屋に、行きたいです」と目をキラキラとさせながら告げてくる。……本屋？

「お前、何で本屋なんて……」

セイディが読書をしているところなど見たことがない。それに、貴族の令嬢が好むようなロマンス小説が彼女には似合わない。彼女にはどちらかと言えば……そう。伝記のようなものが似合いそうだ。口に出せばミリウスに「そんなんだからフラれるんだよ」と言われそうだが。

「いいえ、最近朝食のメニューのレパートリーのなさを実感しまして……」

「……はぁ」

「なので、レシピ本でも探そうかと」

そうだ。このセイディという女性はこういう人だった。そう思いなおし、ジャックは思わず空を見上げてしまった。

（服屋とか考えた俺がバカだったたな……）

内心でそう思っていれば、セイディは「大丈夫でしょうか？」とおずおずと声をかけてくる。そのため、ジャックは「構わないぞ」と返答する。

「というかお前、こんな時まで仕事のことばっかり考えているのか」

前を向きながらそう言えば、彼女は「まぁ、それが私ですから」と言いながらジャックに視線を向けてくる。その赤色の目が何処となくきれいに見えてしまって、思わず顔を彼女のいる方向と真逆の方向に向けてしまった。

（というか、最近おかしくないか？　具体的には『光の収穫祭』が終わったあたりから……）

最近、自分の気持ちがおかしいような気がする。そう思いながらジャックが歩いていれば、セイディは「朝食って、どれくらいの豪華さが理想的なのでしょうか？」と至極真面目な声で問いかけてくる。

「……なんでそんなことを俺に聞く」

「いえ、魔法騎士団の朝食事情を知りたくて」

セイディが至極真剣にそう問いかけてくるので、ジャックは「本部の奴が作ることになっている」と答える。

「え？」

「本部にな、料理が上手な奴がいるんだ。だから交代で……というか、そいつ一人が全部作っている」

もちろん、それは仕事に入るのでその分給金は増やしている。それを説明すれば、セイディは「……弟子入り、しましょうか」と口元に手を当てて言う。

「いや、どうしてそうなる」

「弟子入りすれば、レパートリー増えそうなので」

すごく真剣な表情でそう言われたため、ジャックは「やめておけ」と静かな声で告げる。

「どうしてですか？」

「……別に、深い意味はない」

料理が上手な魔法騎士は物腰柔らかだし、セイディにきつく当たることもないだろう。それはわかっている。わかっているのだけれど……何となく、嫌だった。

（……っていうか、こんなこと考えているとまるで俺がこいつを好きみたいじゃないか）

しかし、そんなことに気が付いて頭を抱えてしまいそうになる。好きか嫌いかで問われれば、好きの部類に入るのだろう。ただし、友人的な意味で。

（まぁ、唯一まともに話せる女だしな。そういう面では貴重だし、失いたくないっていうことだろうな）

半ば無理やり自分にそう言い聞かせ、ジャックは本屋に向かって歩く。隣を歩くセイディは相変わらずちょこちょことついてくる。その姿はなんとなく、小動物を連想させて可愛らしかった。


それから十分程度歩いたところに本屋はあった。その本屋は隣にカフェが併設されており、購入した本をすぐに読むことが出来るようになっている。ここはジャックの行きつけの店だった。……とはいっても、本屋ではなくカフェの方だが。

本屋に入るなりセイディは目をキラキラとさせていた。その様子が何処となく愛らしく、ジャックの心を乱していく。しかし、その気持ちをねじ伏せセイディに「料理本はこっちだ」と言って案内する。

「ジャック様は、こちらによく来られるのですか？」

セイディが好奇心からかそう問いかけてくる。だからこそ、ジャックは「たまにだ」と端的に返事をする。

ミリウスがいれば、「そういう風に会話を打ち切ってしまうから相手につまらないと言われるんだ」と言われるだろう。けれど、ジャックは会話を膨らませる術を知らない。仕事の会話ならばいくらでもできるのだが、女性とどういう風に接すればいいかがいまいちわからないのだ。

「そうなのですか」

そんなジャックの態度を気にする素振りもなく、セイディはニコニコと笑っている。そんな彼女にまた心を乱されるものの、その感情をもう一度ねじ伏せ料理本の置いてあるフロアへとやってくる。棚に所狭しと並べられた料理本を見つめたかと思えば、セイディはその中の一冊を手に取る。タイトルは『多種多様なパンのレシピ』と書いてあるようだ。

（……こいつ、ついにはパンまで作る気なのか？）

少なくともパンは出入りの業者が搬入してくれるようになっている。だからこそ、セイディが作る必要はない。ジャックがそう思っていれば、彼女は本を棚に戻す。そして、次の本を手に取った。

次の本は『簡単な卵レシピ』というタイトルだった。セイディはそれらを頷きながら読んでいる。が、すぐに首を傾げ本を棚に戻した。

セイディはしばらくそんな行動を繰り返していた。そのため、ジャック自身も何か読むかと思い適当に本を一冊手に取る。タイトルは『異国の料理！　これさえ作れればあなたも料理人！』というものだった。

（いや、異国の料理だけ作れても料理人にはなれないだろ。というか、俺は料理人になるつもりは毛頭ない）

内心でそう呟き、本を棚に戻す。その後、もう一度手を伸ばし適当な本を手に取る。こちらのタイトルは『目指せ料理男子！』というものだった。タイトルはまともだな。そう思ったものの、サブタイトルとばかりについていた『婚活に有利になる！』という一文に腹が立ったので棚に戻した。

（そもそも、貴族の男が料理が出来たからと言って何になる）

少なくとも魔法騎士団の寄宿舎では助かっているが。心の中でそう零し、ジャックはまた新しい本を手に取ろうと手を伸ばした。

だが、手に取る本のすべてがろくなタイトルではない。背表紙にタイトルが書いていないせいで、手に取らないとどんなタイトルなのかがわからないのが恨めしい。そう思いながら新しく手に取った本のタイトルは『女性の胃袋をつかむ方法』だった。

（俺は本にまでけんかを売られているのか？）

ここにミリウスがいれば腹を抱えて笑いだすのだろう。そんな彼の姿が容易に想像できるため、苛立ちが隠せなくなる。この本が売り物ではなかったら、今すぐに破りたいくらいだ。……ある種の八つ当たりである。

そんな風に思いながらも、一応中身を見てみるかとぺらぺらと本をめくる。そうしていれば、視線を感じた。

だからこそ、そちらに視線を向ければそこではセイディがジャックの手元を凝視していた。……タイトルをその唇が読み上げる。

「……ジャック様って……」

何処となく憐憫を含んだような視線を向けられ、ジャックは「……たまたま手に取った本がこれだったんだ」と目元を押さえながら言う。

「……はぁ」

何処となく納得していないようなセイディの態度に腹が立ったので、頭の中で未だに笑い転げているミリウスを殴っておいた。少なくとも、現実で殴ったところで大したダメージを奴は受けない。それに、彼は石頭なのだ。頭を殴れば痛いのはこちらの手である。

「えぇっと、ジャック様」

「……どうした」

「その本なのですけれど、気になるので貸していただいても構いませんか？」

セイディはなんてことないような表情でそう告げてくる。その手には数冊の本が抱えられており、どうやら彼女は買うものを決めたらしい。

「……いや、お前同性の胃袋を掴む気なのか？」

「いえ、そういうわけではありませんよ」

ジャックのその言葉にセイディは淡々と返し、ジャックから本を受け取った。そして、「私の好きそうなお菓子がないかなぁと思いまして」と言いながらぺらぺらと本をめくる。

「……自分のためなのか？」

「そうですね」

視線は本に向けたまま、セイディはそう言葉を返してくる。

その手元を覗き込めば、彼女が見ていたのはスコーンのレシピのようだ。目をキラキラとさせながら「これだったら、私も作れるかな……」と零すセイディは大層愛らしい。

そのためだろうか。ジャックは自然と「……あっちで、ゆっくりと読むか？」と声を出していた。

それからセイディの手元にある本をすべて奪い去ると、会計の方向にもっていく。

「あ、あの……」

「払っておく」

後ろをちょこちょことついてくるセイディに端的にそう言葉を返し、淡々と会計を済ませる。すると、セイディは「……お金、払いますよ」と言って本を受け取った。

「いや、構わない」

「……ですが」

「今日付き合ってくれた礼だ」

それは、単なる理由付けだろう。内心でそう思ったものの、その考えを振り払う。

（こいつだったら、こういうものをやった方が喜ぶだろうしな）

でも、そう思う気持ちは止められなかった。だからこそふっと口元を緩めれば、セイディは「ジャック様」と静かに自身の名前を呼ぶ。

「ありがとうございます」

その後、満面の笑みで礼を告げてくれた。その所為だろう。ジャックは自身の顔に熱が溜まるのを実感してしまった。

それからセイディを連れて併設されているカフェに入れば、セイディはメニュー表にくぎ付けになる。その様子を微笑ましく見つめながら、自身もメニュー表に視線を落とした。

「決まったか？」

淡々とそう問いかければ、彼女は「はい」と返事をくれる。だからこそカフェの店員を呼び、二人でさっさと注文を済ませてしまう。ちなみにセイディは先ほどの本で食べたくなったのかスコーンを二種類注文していた。……二種類も食べられるのかと一瞬は思ったものの、よく考えれば彼女なのだ。食べられないわけがない。

「今日は、ありがとうございました」

注文した紅茶が来た時、セイディはそう言って頭を下げてくる。その手には先ほどジャックが購入した本が抱きかかえられており、相当嬉しかったのだとすぐに分かった。……何だろうか。こんなにも喜ばれると、自分も嬉しくなってしまいそうだ。

「いや、こっちこそ助かった。……殿下の無茶ぶりに付き合ってもらって、悪かったな」

今日の気分的に紅茶は甘めだな。そう思い紅茶に角砂糖を入れてかき混ぜれば、セイディはくすっと声を上げて笑った。何か、おかしなことを言ってしまっただろうか？

「何かあるのか？」

「いえ、大したことではないのですが」

ジャックの言葉にそう返し、セイディは「本当にミリウス様と仲がよろしいのですね」と言って目を細めていた。そのため、ジャックは「あり得ない！」と言ってしまう。

「俺と殿下はただの腐れ縁だ。昔馴染みだ。そんな仲がいいなんてことはない！」

慌てて弁解していれば、セイディは「でも、今だって付き合いがあるじゃないですか」と淡々と返してくる。ジャックがミリウスと腐れ縁の関係を続けているのは、彼の身分が王弟だからだ。あと、彼が騎士団長だから。それだけに決まっている。

「それに、ミリウス様はジャック様に幸せになってほしいから、こうやってされているのではありませんか？」

あまりにも真剣にセイディがそう言ってくるので、ジャックも一瞬ミリウスは自分のために行動してくれているのではないかと、思ってしまった。が、すぐにそれはないなと判断する。

「殿下は面白がっているだけだ」

セイディの言葉をそう言って切り捨てれば、彼女は少しだけ悲しそうに眉を下げた。その表情が何処となく可愛らしく見えてしまって、何とも言えないむず痒さが胸を支配する。けれど、目の前にスコーンを出されればセイディの表情は一転、明るくなる。

「いただきます～」

小さくそう言ってスコーンを食べるセイディは、まるで小動物のようだった。ちょこちょことした歩き方も、こうやって頬張る姿も。とても可愛らしくて……何となく、世話焼きの血が騒ぐ。

（はぁ、本当に俺はどうしたんだろうなぁ……）

セイディを見ているといろいろな感情が湧き上がってきてしまって、自分が自分じゃなくなるようだ。

そんなことを思いながら自分も頼んだマフィンを口に運ぶ。甘さはほんのりとしたもの。過度に甘いわけではなく、大層美味だ。

（こいつ、どうやったら喜ぶんだ？）

マフィンを食べながら、美味しそうにスコーンを頬張るセイディに視線を向ける。

ジャックにとっては女性とは宝石やドレス、アクセサリーを欲しがる生き物だった。だが、このセイディはどうやら違う。本を喜び、お菓子をとても美味しそうに食べ、仕事を率先して行う。

「……おい」

もう意味が分からない。

そう思ったからこそジャックはおもむろにセイディに声をかけた。すると、彼女は小首をかしげる。その姿が何処となく愛らしく見えてしまって……ジャックはおもむろにフォークでマフィンを切り分け、そのままセイディの口に運んでみる。

深い意味はない。本当に、大した意味はない。

実際にセイディも大した意味を見出さなかったらしく、そのマフィンを何のためらいもなく口に入れてしまう。その後、彼女は「美味しい！」と言って目を輝かせていた。

（……って、俺は何をしているんだ）

しかし、冷静になればこれはないなと反省する。

（ひな鳥に餌をやっている気分だったが……これはないな。本当にない）

首を横に振りながら反省していれば、セイディは店員を呼び持ち帰り用にマフィンを用意してほしいと頼んでいた。

その数は三つ。一体、誰と食べるのだろうか。

「おい、そんなにマフィンを持ち帰って誰と食べるんだ」

そんな風に言ったものの、すぐにこれじゃあ嫉妬しているみたいだと思ってしまい、また項垂れそうになる。だが、さすがはセイディというべきか。そんな感情には気が付かず、「明日、フレディ様がお茶をしにいらっしゃるのです」と言って肩をすくめた。

「どうせですし、たまにはこっちからお茶菓子を出すべきかと思いまして……」

「……そうか」

何故だろうか。胸がもやもやとしてしまう。自分はこんなにも心が狭かっただろうかと思いながらも、セイディのことをじっと見つめる。すると、彼女は何の意味もなく笑った。

そして、言葉を口にする。

——もちろん、ジャック様の分もありますよ、と。

（ったく、何で俺が……！）

翌日。ジャックは騎士団の本部で書類の整理を手伝っていた。

理由など簡単だ。ミリウスが「手伝ってくれ」とわざわざ頭を下げてきたから。王弟たる彼が頭を下げてくるともなれば、ジャックには断る理由がない。むしろ、断る権利がない。だが、心の中では悪態をつくくらい許してほしい。

「それでさぁ、お前、昨日なんか成果あった？」

ミリウスはファイルを眺めながらそんなことを零す。今日はアシェルがかなり久々の休暇らしく、本部にはリオとミリウスとジャックしかいない。リオは今昼休憩に入っており、実質本部に居るのはミリウスとジャックだけだ。

「……殿下には、関係ないでしょう」

ミリウスのからかいが含まれた言葉に端的に返事をすれば、彼は「へぇ」と興味深そうに眉を吊り上げる。なんとなく、嫌な予感がする。そう思い身を震わせれば、彼は予想通り「セイディのこと気に入っているんだろ？」と問いかけてくる。

「なっ……！」

「隠さなくてもいいって。好きなんだろ？」

けらけらと笑いながらそう言われ、ジャックは忙しなく動かしていた手を止めてしまう。

「お前は嘘つけねぇしなぁ。なんていうか、バレバレっていうかさぁ」

楽しそうな表情を隠さずにミリウスに指摘され、ジャックは「……もう、手伝いませんから」と言って踵を返す。

「悪いってば！　これ明日までに片づけないとアシェルにとんでもなく怒られるんだってば！」

「知りませんからね。俺は殿下が怒られようと関係ありませんし」

「頼む、一生の頼みだから！」

自身に縋るように衣服を掴まれ、ジャックはため息をつく。

（……俺が、あいつのことを好き、か）

あり得ない……と、蹴り飛ばすこともできなくなってきた。

そんなことを思いながら、ジャックはため息をつく。相変わらずミリウスに衣服を掴まれている。

……可愛くないな、この男は。そう、思った。

書き下ろし

王弟ミリウス・リアから見た素っ頓狂な女性（ミリウス視点）

ミリウス・リアは自他ともに認める自由人である。

かといって、彼が優秀ではないかと問われれば答えは否だ。幼少期は家庭教師を唸らすほどの天才であり、性格も真面目だった。ただ、問題点があるとすれば……そう。父や母、挙句の果てには年の離れた兄が甘やかしてくることだろうか。

しかし、甘やかしのレベルもある程度のものであり、ドロドロに甘やかされてきたわけではない。王族としての務めは教えられてきたし、しっかりとするようにという教育も受けた……のだが。

今の彼にそのころの面影などない。自由奔放。その言葉が似合うほどの自由人となってしまった。けれど、人の上に立つ者としての性格はそのままであり、結局誰もが彼のことを憎めないのだ。

王太子としての立場は退き、騎士団長としての職に没頭するミリウス。そんな彼は規格外の強さを誇っているためか、普段あまり彼のことを心配する人間はいない。……たった一人を除いて。

「ミリウス。お前はまたアシェル君を困らせているそうだな」

その日、王宮にある国王の執務室に呼び出され、部屋に入るとほぼ同時に兄に怒声を浴びせられた。いや、これは怒声ではない。静かな怒りを宿したような声だ。決して乱暴ではないものの、その言葉の節々に宿る怒りと呆れ。

それに軽く怯みながらも、ミリウスは「陛下は……」と口答えをしようとする。だが、兄——国王は額に手を押し当てながら「お前は、本当に……」と呆れたような表情を見せた。

ハルステン・リア。

彼こそミリウスの兄であり、このリア王国の当代の国王である。約十三年前に王位を継いだ、まだ三十代の若き王だ。彼はミリウスそっくりのその目を伏せたかと思えば、すぐにミリウスのことを見据えてくる。

「それに、お前は一体いつになったら身を固めるんだ」

その後、いつものお小言に話題がチェンジし、ミリウスは「あー聞こえない」と言いながら耳をふさぐ。

ハルステンはミリウスの今後を心配している。確かに二十代半ばまでは騎士団長としての職に没頭していても、自由に過ごしても構わないという許可は得ている。だが、この問題は彼にとっては別物ということのようだ。

「王族なのだから、早くに結婚しなければならないことはわかっているだろう」

「わかっていますってば」

「わかっていないだろう。僕が候補として出す令嬢に文句ばかりつけるじゃないか」

ゆるゆると首を横に振りながらハルステンはそう言う。それに対し、ミリウスは「あー聞こえない」ともう一度繰り返した。

最近ジャックを同じような話題でからかった。そのため、この件に関してはジャックには絶対に知られたくないと思う。

「聞こえないじゃない。……まったく、昔のお前は真面目で可愛げがあったというのに……」

「……二十三にもなった男に可愛げがあったら不気味ですよね」

「それはそうだが。……お前は、僕にとって唯一の弟なんだ」

そう言うハルステンの言葉にはいろいろな感情が宿っている。

ミリウスとハルステンの父である先代の王が亡くなったのは今から十三年前の話だ。突然の病による急死だった。だからこそ、ハルステンは二十歳で王位を継ぎ、ミリウスは十歳で王太子となっていた。母は存命だが、父が亡くなって以来彼女は「政治には関わらない」の一点張りであり、隠居して気ままな生活を送っている。

……元々政治のような難しい話は分からないと素直に言う人だったため、周囲もそこまで止めはしなかったのだが。

「だから、幸せになってほしいんだ。というわけで、次は伯爵家の令嬢との見合いを用意してみた。……どうだ？」

「どうだ……って、俺は嫌ですよ。まだまだ自由に生きたい」

これではジャックのことを笑えるような立場ではないな。内心でそう思いながらも、ミリウスはハルステンの言葉を一蹴する。

「……二十五までは自由にさせてくれるという約束ではありませんか」

「そうだけれどなぁ。僕としては……ねぇ」

その「ねぇ」に込められた感情は、本気で早くに身を固めろということだろうか。そう思い舌打ちしそうになるものの、そこをぐっとこらえ「俺は、まだまだ自由に生きていきますよ」と言って踵を返す。

「そういえば、何だけれどさ」

そんなとき、不意にハルステンが声をかけてくる。煩わしいという感情を隠さずに彼の方に視線を向ければ、彼は「ジャック君のこと、言えないよね。ミリウスは」と言葉を発する。

「それは、どういう意味ですか？」

「いや、なんてことはないよ。ただ、あえて言うのならば、そう――」

――見合いに失敗している彼を笑えるような立場ではないということだよ。

ニコニコと人のよさそうな笑みを浮かべながら、ハルステンはそう言う。……まったく、人が気にしていることを容赦なくつつくような人だな。そう思いながらも、ミリウスは「俺は勝手に相手を見つけてきますんで、ご心配なさらずに」と言ってひらひらと手を振った。

「あぁ、そうだ。あと、一つ忘れていたんだけれど」

「……何ですか」

まだ、何かあるのか。

そんなことを思いつつも彼の言葉を聞こうとする自分は随分なお人好しだな。そう思いながらハルステンの方に視線を向ければ、彼は「今度、王家でパーティーを開くんだ」と言う。

「……はぁ」

「そこは一応パートナー同伴だからさ。……きちんと、見つけてくるように」

……いや、先ほどの言葉は今すぐに見つけてくるという意味ではなかったのだが。

憎たらしいとばかりにハルステンのことをにらみつければ、彼は「それくらい、出来るだろう？」と挑発的に笑う。

（本当に、この人にはどう足掻いても勝てねぇ……）

そう思いながらも、ミリウスは「はいはい」と返事をした。……ちなみに、候補など現状一人もいない。

（あー、しかしまぁどうしたものかなぁ……）

内心でそう思いながら、騎士団の寄宿舎へと戻ろうときれいに整えられた道を歩く。

ミリウスはこの王国でかなりの権力を持つ人物である。が、やはりというべきか国王である兄には敵わない。兄がパーティーを開くと言えば、それはすんなりと通ってしまうのだ。

しかも、今回のパーティーは『光の収穫祭』が無事閉幕したということを祝うためのいわばお疲れ様会らしい。王国の重鎮たちも来るわけであり、王家に名を連ねるミリウスが欠席するなど許されるわけがない。

（けど、俺ああいう場嫌いなんだよなぁ……）

お堅い重鎮たちを相手にするのは嫌いだ。さらには、彼らは自分の娘をミリウスの妻にどうかと一々打診をしてくる。それを断るのが一番面倒だろうか。そう思いながら、ミリウスが寄宿舎に戻ったときだった。

不意に、その場にうずくまっているメイド服の女性を見つける。が、その目はきらきらと輝いており、苦しんでいる様子はない。

（何してんだ）

興味がそそられたので、そちらに向かう。そうすれば、予想通りと言うべきかそこには騎士団の寄宿舎で雇っているメイドのセイディがいた。彼女は目をキラキラとさせながら地面を見つめている。……どうやら、休憩時間中らしい。

「おい、セイディ」

だからこそ、肩を軽くたたけば彼女の視線がミリウスに注がれた。彼女はミリウスを見て「おかえりなさいませ」と声をかける。

「……何してんだ」

けれど、その言葉を無視してそう問えば彼女は「アリを、見ていました」と言う。

（アリ？）

確かにセイディの見つめる視線の先にはせわしなく働くアリがいる。……そんなものを見て何が楽しいんだ。子供じゃあるまいに。内心でそう思いながらもセイディの隣にしゃがみこめば、セイディは「アリって、すごいですよね」と言う。

「……何が？」

「いえ、だってアリって働き者じゃないですか。もうずっと働いているじゃないですか」

確かに働きアリは働くのが生きがいである。むしろ、働いてなんぼである。そう思いミリウスが顔をしかめれば「王宮勤めの人間だと、いわば労働基準法違反です」とキリっとしたような表情で告げる。……そりゃあ、そうかもしれないが。

実のところ、王国には『労働基準法』なるものは存在しない。ただし、王宮勤めの人間や騎士団、魔法騎士団に所属するエリートにはそういうものが存在している。

これは数代前の国王が取り決めたものであり、今もなお残っているものだ。

「アリには王宮勤めの人間のような労働基準法はねぇ」

「そうですけれど……」

「つーか、違反しそうなのが騎士団にいるだろ」

何でもない風にそう言えば、セイディは「……アシェル様」とその『違反しそうな奴』の名前を口に出す。先ほど述べた通り騎士は『労働基準法』に適用されるのだ。だからこそ、ミリウスは「心配するなら、アリよりもあいつだろ」と付け足しておいた。

「……言っちゃあなんですが、アシェル様はいつもミリウス様がしっかりとお仕事をしてくれれば……とおっしゃっていますよ」

その後、セイディはミリウスにそう告げてくる。そのため、「あー聞こえない」と言っておいた。

全く、どうして自分の周りにはこう小言の多い人間ばかりなのだろうか。セイディは、まぁまぁ許せるラインだろうか。

(陛下にしろ、アシェルにしろ、ジャックにしろ。……小言を言うな。はげるぞ)

内心でそう思いながら、もう一度アリに視線を向けてみる。……こいつらに、自由はないのだろうか。ふとそう思ってしまった。

「私も、アリを見習わなくちゃ」

不意に聞こえてきたその言葉に、ミリウスは「……やめておけ」と言うことしか出来なかった。

そもそも、セイディはかなり働いている部類である。アリならばまだまだなのかもしれないが、彼女は正真正銘の人間。そこまで働けば身体を壊す。そうなれば、咎められるのは雇用主であるミリウスなのだ。アシェルやジャック、ほかにもリオなど。絶対に小言では済まない人間が集まっている。……そんなことになれば、逃亡する自信がある。

「お前が頑張りすぎると、俺が咎められるんだよ」

彼女の頭に手を乗せながらそう言えば、セイディは「どうしてですか？」と問いかけてくる。

「……お前を見習えって、うるさく言われるだろ」

顔をしかめながらそう言えば、セイディは「……別に、労働の量は人それぞれなのでは」と言葉を発する。確かに、それは一理ある。それぞれに雇用の契約があり、働く量は人それぞれだ。しかし、ミリウスの場合は違う。

「だけどな、俺は騎士団長であり王族だ。……それは適用されないんだよ。王族は国のために散るものだからな」

王族は王国のために散るものだ。亡くなった父はよくミリウスとハルステンにそう言い聞かせていた。不意にその言葉を思い出して口にすれば、セイディは「……聖女と、似たようなものですね」と眉を下げながら言う。

「聖女も、国のために神殿のために散るべき存在です」

ゆるゆると首を横に振りながらそう言うセイディの言葉に、ミリウスはハッとする。……確かに、言われてみればそうかもしれない。聖女も王族も、似たような存在なのだ。普段はちやほやされておきながら、一番に責任を負わせられる。そういう点では、似ている。

（……つまり、俺も聖女とだったらまだましな関係を築けるのか……？）

今までハルステンは貴族の令嬢、それも生粋の貴族としかミリウスを会わせようとはしなかった。だが、もしも聖女として働いている令嬢ならば……まだ、会う価値が出来るかもしれない。その可能性に気が付き、ミリウスはセイディの顔を見つめる。

（こいつは……）

もしも、セイディならばどうだろうか？　一瞬だけそう思ったものの、それはないなと思い直した。自分と一緒になれば、このきらきらとした好奇心にあふれた目を穢してしまうことになる。……王族とは、それほどまでに汚い部分もあるのだから。

「……ミリウス様？」

そんな風に思っていたからなのか、セイディがミリウスに視線を向ける。その目がやたらときらきらとしていて……自分の考えは正しいと思った。

「いや、何でもない」

そのため、それだけを告げてゆっくりと立ち上がる。そうすれば、セイディも仕事に戻る気になったのか立ち上がっていた。……さすがに大の大人二人でずっとアリを見つめるわけにはいくまい。そもそも、それはシュールすぎる光景だろう。

「では、私は失礼いたしますね」

ミリウスがそう思っていれば、セイディがそう声をかけて寄宿舎の方に入ろうと足を動かす。

全くと言っていいほど、媚びてこない女性。自分にすり寄ってくるつもりもなければ、仕事にしか興味のないような女性。

そう思ったら、無意識のうちに彼女の手首をつかんでいた。

「……ミリウス様？」

セイディの暗い茶色の髪がさらりと揺れ、その真っ赤な目が自分を凝視している。それを見ていると、もうなんと言えばいいかがわからなくなってしまう。だからこそ、ミリウスは「……いや、何でもない」と言うことしか出来なかった。

「そうですか」

それに対し、セイディは特に気にも留めずにそのまま歩いて行ってしまう。

……ダメだ。止めないと。

何故か気持ちはそう思って大声で「セイディ！」と呼んでしまった。

「……どうか、なさいましたか？」

彼女はその言葉を聞いて小首をかしげながら振り返る。そのため、「あー」と言いながらも頭を掻く。……もう、こうなったらあれを頼むのは彼女しかいないじゃないか。

「――お前、どうか俺に一つ頼まれてくれ」

それから約二週間後。ミリウスは王宮の廊下を歩いていた。いつもの騎士服とは違う王族の正装を身に纏うミリウスは、何処からどう見ても非の打ちどころのない王子様だ。その証拠に王宮を歩いていれば侍女たちが熱のこもったような目で見つめてくる。

その視線を煩わしく思いながら、とある部屋の扉をノックする。すると、中から「どうぞ」と声が聞こえてきた。だからこそ、その扉を開ける。

「――って、これは一体どういうことですか⁉」

そして、扉を開けて早々に飛んできたのは――怒声にも似た驚愕の声。

室内にはきれいにめかしこんだセイディがおり、彼女は「こんなの、聞いていませんってば！」と言いながらドレスの裾をもってミリウスに詰め寄ってくる。

「いや、特別な仕事だけれど？」

「――これ、仕事じゃないです～！」

ミリウスにぐっと顔を近づけながら、セイディは何処となく疲れ切ったような面持ちでそう言う。

そりゃそうだ。今は昼前だというのに、彼女は朝から準備に追われていたのだから。……まぁ、それもこれも彼女が悪い。

「そもそも、お前、特別手当につられただろ？」

肩をすくめながらそう言えば、セイディは「う、うぅ……！」と言いながら引き下がっていく。

今のセイディは茶色の髪を結い上げており、その髪の毛には大ぶりの宝石があしらわれた髪飾りが着けられている。ドレスは王族が御用達にしている仕立て屋にオーダーメードで仕上げてもらった。ちなみに、超特急である。特別料金がかかったものの、この際背に腹はかえられない。

（変な女誘うよりも、こっちの方が良いしな）

内心でそう思いながらミリウスはセイディのことを頭の先からつま先まで見つめてみる。ドレスの色は淡い水色。デザインとしてはふわりとした可愛らしいデザインの中に、気品が見え隠れするようなもの。ところどころにアクセサリーを身に着けており、何処からどう見ても高位貴族の令嬢である。

「……まさか、フレディ様だけではなくミリウス様のパートナーにもなってしまうなんて……」

セイディは暗い表情を隠さずにぶつぶつとそんなことを言っている。時折口から漏れる「殺される?」「夜道に注意しなくちゃ……」というような声は無視しておいた。……そもそも、そんなことになるわけがない。こうなった以上、ミリウスが全力でセイディを守るのだから。

「ほら、ちょっと寛いでから行くぞ」

そんなセイディを一瞥し、ミリウスは部屋に備え付けられているソファーに腰を下ろす。すると、セイディも渋々といった風に腰を下ろした。ちなみに、『光の収穫祭』の準備期間に身に着けた気品などは今もあるらしく、今のセイディは何処からどう見てもいいところの令嬢である。

(……本当に、化けたな)

来た当初は、何処か初々しい女性だった。しかし、今は違う。何処となく堂々としており、気品に満ち溢れた女性となった。……こんな女性ならば、一生を添い遂げても構わないと思う。……はずなのに。

(でも、無理だな)

一生を添い遂げるのならばセイディのような面白い女性が良いと思う。けれど、それ以上に彼女の人生の邪魔をしたくはないとも思ってしまうのだ。

彼女はいわば自由な存在。自分のようなものに捕えられると……一気に輝きをなくしてしまう。そんな心配さえ浮かんでしまうほどに、彼女は自由なのだ。

「……本当に、恨まれる」

ぼそぼそとそう言うセイディだが、その目はあまり悲観していない。結局、彼女は『特別手当』と言う言葉に弱いのだ。それを実感し、けらけらと笑ってしまう。そうすれば、セイディの視線が自分に注がれた。

「……どうして、笑われるんですか」

ほんの少し不貞腐れたようにそう言われ、ミリウスは「悪い悪い」と心にもないことを言う。実際、今のセイディは表情がころころと変わって面白いのだ。

目こそ悲観していないが、その表情が宿すような感情は悲観や絶望などである。それが面白くて、けらけらと笑ってしまう。

「悪いと思っていませんよね？」

ミリウスの謝罪を一蹴しながらセイディはそう告げてくる。少なくとも、王弟であるミリウスにこんなにも無礼な態度を取る女性はセイディだけだろうか。普通の女性ならばこれがチャンスとばかりにすり寄ってくるのだから。

「大丈夫だってば」

「……何処が、ですか？」

「いざとなったら俺が守ってやる」

真剣な面持ちでそう言えば、セイディの顔がカーっと赤くなる。それさえも面白く映ってしまい、ミリウスは「アリを真剣に見つめて、アリを見習おうとするような女、守りたくなるに決まってるだろ」と挑発的に笑いながら言葉を発した。

「……何ですか、それ」

「そのまんまの意味だよ。……俺は面白い奴が大好きだからな」

肩をすくめながらそう言えば、セイディは「……本当に、妬みから守ってくださるんですよね？」と言ってくる。けれど、それは期待しているわけではない。ただ、一応確認……という意味合いが強いだろうか。

「あぁ、守ってやる。……ただ、もうちょーっと嬉しそうにしてくれると俺は助かる」

「嬉しいどころか本音を言うとパートナーにされたことが迷惑です」

はっきりと拒絶されるが、この体験が新鮮すぎてある意味嬉しい。そんなことを思って「そういう女だからな」と言葉を零す。

「……何か、おっしゃいましたか？」

ミリウスのつぶやきを聞いたためか、セイディがきょとんとしながらこちらを見つめてくる。そのため、ミリウスは「そういう女だから――」ともう一度繰り返す。

「――見ていて、飽きないんだよ」

そして、そう言葉を続ければセイディは「私、珍獣ですね」と言いながら神妙な面持ちになった。

……表情がころころと変わるところ、最高に面白い。

「あと、そういう女だから後腐れなくパートナーを頼めるな」

「今度は、便利屋ですか？」

どうしてそういう風に受け取るのだ。ここは素直に喜んでくれてもいいだろうに。

一瞬だけそう思ったが、この言葉では喜ぶことなど出来ないなと思い直す。

「今日は王国の重鎮たちを労うパーティーでもあるんだ。……セイディも、たくさん楽しんでくれ」

「……できれば、まぁ」

「そうそう。その調子」

うんうんと首を縦に振りながらそう言えば、セイディの意識は美味しい料理に向かったのだろう。次々に料理の名前を呟く。

「お前の好きなデザートもたくさんあるぞ」

ついでにそう教えてやれば、セイディは先ほどの悲観していたような表情から一転、目をキラキラとさせる。……どうやら、彼女にとっては色気より食い気らしい。ミリウスよりもデザートらしい。……まったく、不本意である。

「それにさ、代表聖女であるお前がパートナーだったら……文句言わないだろ」

ハルステンだって、セイディをパートナーに選んだとなれば文句は言うまい。そう思っていれば、セイディは「……どなたが、文句をおっしゃるのですか？」と小首をかしげながら言う。多分だが、最後の文句言わないというところだけを聞き取ってしまったのだろう。

「いや、こっちの話だ。……まぁ、あえて言うのならば、陛下かな？」

「……私みたいな貧相な女がパートナーだと、文句言われませんか？」

「言われるわけないだろ」

セイディのちょっぴりネガティブな言葉を一蹴し、ミリウスは好戦的に笑う。

（それに、な）

内心でそう呟き、セイディに向かって口を開く。

「――お前みたいな素っ頓狂な女、陛下は割と好きだよ」

と。

ちなみに、この日のパーティーは特に問題なく終わった。

まぁ、セイディがハルステンの質問攻めにあっていたのは少々いただけなかったが。最終的に「我が弟をよろしくね」なんて言われたときには彼をぶん殴ってやろうかと思ったくらいだ。

（……よろしくね、なんてさ）

――なんとなく、結婚するみたいじゃないか。

そう思うものの、ミリウスの中にその可能性は浮かばない。だって、セイディは自由だから。

――自由じゃないと、その輝きは失われてしまうのだから。

あとがき

お久しぶりです。華宮です。この度は『たくまし令嬢はへこたれない！（今回も以下略）』の第三巻をお手に取っていただき誠にありがとうございます。少しでもお楽しみいただければ幸いです。

第三巻に関しては『光の収穫祭』の三日間を収録した巻になります。ちなみに書き下ろしがたっぷり収録されています。本編のボリュームが少なめだったので、たっぷり書き下ろしました。私は大変でした。

もうこの時点で語ることがないのでたまには私の目標のお話でも。

私は結構なオタクです。中学生のころからオタクをやっております。あのころの自分に「本を出してるぞー」なんて言っても信じないでしょうがね。

ＴＯブックスさまはグッズやドラマＣＤなども出されております。アニメ化作品もたくさんあります。

なので、私はぜひとも『たくまし令嬢』のキャラクターたちに声をつけていただくのが目標だったりします。早い話がドラマＣＤですね。

私としては「このキャラクターは絶対にこのキャストさまがいい！」っていうキャラクター

も一部おります。夢ですけれどね。夢でも語るだけはただなんです。

あくまでも私の目標に過ぎないので、聞き流してください。はい。


さて、今回も春が野先生には素敵なイラストをつけていただきました。特に表紙がお気に入りで毎日眺めております。口絵もかっこいいですよね〜。第二巻が可愛いの詰め合わせだったので、対照的な印象です。

今回も各所お世話になりました。担当様には「特典のネタがない！」と言って困らせたような気もします。すみませんでした。


そんないろいろな方に支えられている『たくまし令嬢』ですが、なんとか第一部の最終巻となる第四巻までは出していただけるそうです。

書籍化打診をいただき「これが⁉」と思った時からかなり時間が経ったように感じます。実際はまだ二年も経っていないんですが。


まぁ、とにかく。

第四巻まで出していただけると決まったのは皆様のおかげです。本当にありがとうございます。そして、今後ともよろしくお願いいたします。

では、また次巻でお会いできますように。

コミックス第2話試し読み

漫画：高橋みらい

原作：華宮ルキ

キャラクター原案：春が野かおる

あわわ…
ぎゅっ
こんな荒れた手に触れられるなんて…
えっと
馴れ馴れしく触れないでくださいますか？
……
ぱっ
つれないね
ササッ
キミ名前は？
けいかいっ!!
……セイディと申します

無害アピール
ヒラ
ヒラ
そう セイディ いい名前だね
ピタッ
ところで どうやって ここに 入られたのですか？
ドアは閉じたまま…
そういう風に 素直に訊いてくる子は 嫌いじゃないよ
フッ
……簡潔に言えば 魔法を使った
世にいう 悪用 ですね
フ
ふ…
アハハ…
……ちょっと 素直すぎない？

フッ
ひとつだけ言っておくと 不用心に窓を 開けてはダメだよ
この部屋には 魔法防止の 結界が張って あるけれど
窓とか扉とかを 開けると そこが隙になって 結界が破られてしまう
つまり 僕はその隙を ついたと いうことだ
ドャッ
スパッ
では これからは 気を付けますね
あと 出て行って くださいませんか？
No!!
あれ？ いいように 説明役として 使われちゃった系？
つれないね
ボーダーライン
不審者ですから
ツーン

パキーン
僕は新しいお客さんに挨拶をしに来ただけだよ
あと これは プレゼント
ぽんっ
!!
……えっと
ぽすんっ
ここまで疲れたでしょ？クッキーだよ
あ 僕が作ったわけじゃないし毒が入っているわけでもない
料理人が試作品で作って余ったからくれただけだから安心して
キラ
キラ
……はぁ
ぐぅ～……

ニヤ ニヤ
と…ところで お話は変わりますが 宮廷魔法使いって おっしゃいましたよね？
うん そう
宮廷魔法使いって…… 何名くらい在籍されているのですか？
騎士団や 魔法騎士団みたいに 魔法使い団とか あるのでしょうか？
宮廷魔法使いは 魔法使いの最高峰
王宮に従事し 王家の人間の願いを 叶えたりもする
老人が多い イメージの 職種だけど…
いや 宮廷魔法使いは 僕ひとり
……みーんな 役立たずだから
ははは
追い出し ちゃった！

…追い出したって
そんな権力が…？
引っ…
僕天才だから
ドャーーーッ
はぁ
…お腹空いているの？
ぎゅっ
まぁなので帰っていただけると助かります
ぐぅ〜…
無視
パチン
じゃあお茶にしようか

!!
キラ キラ
キラ キラ
さぁ どうぞ
はぁ～
まだ ここに たむろする 気なの!?
ほら セイディも こっちに おいでよ
ヒラ ヒラ
すご すご…
……あの いったい いつまで？
僕に帰って ほしいの？ つれないなぁ
カチャ カチャ
お茶を飲んだら 帰るからそれまでは 話し相手になってよ

ね？
スッ
……はぁ
アリガトウ
ところで セイディは どうしてこんなところで メイドなんて する気になったの？
…こんなところって
こんなところは こんなところでしょう？
給金はいいみたい だけれど あまりお勧めできる 仕事じゃないよ
お勧めはしないって どういうこと ですか？

ズッ
そりゃあ
男所帯の中での
仕事だしね
警戒したほうが
いいでしょう
特に
セイディは
綺麗だし
ガリッ
……お世辞が
お上手ですね
僕は本気なのに
はぁ
コクン…
もっと可愛らしい
容姿の子を
知っていますから
……キミから
婚約者と聖女の
座を奪った女？

……盗み聞きしたのですか？
まぁね
すっ
まぁ 知られて困るようなことではないので良いのですが
あの子は私と違って両親に愛されていましたから
へー
セイディはそれを悲しいと思っているの？
いえ 全然
私にはなんだかんだ言っても使用人たちがいましたから
彼女たちのおかげで私は逞しくタフにメンタルが鋼に育ちましたし
ピシッ
……その言葉はちょっと反応に困るかな
セイディも僕に訊きたいことがあるのならば訊いてもいいよ？
……
では この騎士団について教えていただきたいです
あと できれば隣に寄宿舎があるという魔法騎士団についても

カチャ
オッケー
面白い話じゃないけれどね
名前のとおり剣術を主にして戦うのが騎士団で魔法を絡めながら戦うのが魔法騎士団
騎士団と魔法騎士団の本拠地はこの王都にあるけど地方にもそれぞれ部隊が配置されている
部隊のリーダーは「隊長」と呼ばれ一時的に騎士団の本部や団長と同等の権力を譲渡されている
そのふたつの仲はあまりよくない
今はそうでもないかな
ま 僕もあまり深く関わらないから知らないことも多いけれどね
ただ 今の騎士団長は王弟殿下だし魔法騎士団の団長も公爵家のご令息だからさ
ペラペラ
このふたつは王国内でとても権力を持っているということは 常識だよね
……あのフレディ様
あわわ…
どうしたの？

団長様って王弟殿下だったのですか!?
あわわわわ…
あれ？
魔法騎士団の団長様が公爵家のご令息……本当ですか!?
知らなかったの？
知らないなんて驚いたなぁ貴族の間では割と有名な話なのに
セイディも元貴族でしょ？
……ちょっと訳あり貴族でして
聖女の仕事と家事優先で社交界に顔を出したことがほとんどないのよね…
ジッ…
ちなみに僕も子爵家の令息
クッキー＞フレディ
そうなのですか
サクッ
あれ？
僕のことには微塵も興味がない感じ？
いえ 興味はあるにはありますよ……宮廷魔法使いって何をするのかなぁ～って
ずっこけそうなこと言うよね

キミみたいな子は珍しいよね
すっ
珍しいですか？
うん 大体みんな僕の美貌にやられるからさ
自画自賛それとも自慢ですか？
はぁ…
……本当にキミは僕に対して毒があるよね
じゃあそろそろ僕はお暇するよ
あっ！
あと最後にひとつだけ
何？連絡先とか？
わくわく
いえ騎士団の寄宿舎の夕食の時間とか存じ上げませんか？
……本当にずっこけそうだよ
夕方の六時半だったと思う

コミカライズ
好評連載中!
もう
いい加減に
してください!
実家と対決!?
2023年夏発売予定!

次巻予告
ついに——
セイディから婚約者を奪い
神殿から追放したことに始まり、
明らかになる帝国への密通、癒着、多額の借金……
実家・オフラハティ家の没落が止まらない。
果てはセイディの勤め先にまで押しかけてきて——？
鋼メンタルメイドの愛されファンタジー！
takumashi reijo wa hekotarenai!
たくまし令嬢はへこたれない！
～妹に聖女の座を奪われたけど、
騎士団でメイドとして働いています～
4
華宮ルキ
illustration★春が野かおる

たくまし令嬢はへこたれない！3
～妹に聖女の座を奪われたけど、
騎士団でメイドとして働いています～

2023年2月1日　第1刷発行

著　者　華宮ルキ

発行者　本田武市

発行所　TOブックス
〒150-0002
東京都渋谷区渋谷三丁目1番1号　PMO渋谷Ⅱ　11階
TEL 0120-933-772（営業フリーダイヤル）
FAX 050-3156-0508

印刷・製本　中央精版印刷株式会社

ISBN978-4-86699-740-7

Printed in Japan

KYUN-KYUN
LOVESCHOOL
稲井田そう
Illust. 八美☆わん
悪役令嬢ですが
攻略対象の様子が異常すぎる
TOブックス

contents

第一章 悪役令嬢ミスティア・アーレン 005
悪の目覚めは突然に 006
完全無欠の王子様 018
バッドエンドは誰のもの 028
未開拓ルート分岐の結末は 037
異録 身勝手な誤想は病となるか 052

第二章 悪役令嬢の屋敷 063
アーレン家の使用人 064
令嬢の侍女 075
異録 常闇に潜むあい 089

第三章 緑蘭の園に眠る姫 097
宵の前 098
緑蘭庭園 104
棺が開くとき 116
姫の目覚め 123
異録 僕の夢 142

第四章 教師心中判定 157
狂想 狂騒 狂走 158
師は何を想う 163
天馬の渦 175
開廷していた狂気の宴 188
異録 恋は妄目 204

目次

第五章 婚約者来訪 215
通いの蝶 216
埋め逢瀬 219
異録 一線を越える瞳 239

第六章 巡る季節 245
プロローグ・バースデイ 246
十一歳 249
十二歳 272
十三歳 289
十四歳 305
続録 入学者説明会 322

前録 どうか幸せで、楽しく過ごせますように 333
あとがき 346
CHARACTER KARTE 349
コミカライズ試し読み 354

イラスト 八美☆わん
デザイン AFTERGLOW